MARIA MEYER

EIN FASAN IM KLASSENZIMMER

www.mariameyer.info

Bibliografische Information der Deutschen Nationalbibliothek:
Die Deutsche Nationalbibliothek verzeichnet diese Publikation in der Deutschen
Nationalbibliografie; detaillierte bibliografische Daten sind im Internet über
http://dnb.dnb.de abrufbar.

1. Auflage
© 2022 Maria Meyer
Lektorat: Andreas Meyer
Satz und Layout: Andreas Meyer
Korrektorat: Uschi und Jan Röttgers
Umschlaggestaltung: www.labelschmiede.com

Herstellung und Verlag: BoD – Books on Demand, Norderstedt

ISBN: 9783756862887

INHALTSVERZEICHNIS

WIE ALLES BEGANN (1949)

Gestern bin ich acht Jahre alt geworden. Wurde der Geburtstag gefeiert? Ja, ich bekam eine Tafel Schokolade.

In unserem kleinen Dorf mit zweihundert Einwohnern gibt es vier Jahre nach Ende des Zweiten Weltkrieges immer noch keine große Auswahl an Lebensmitteln oder Haushaltswaren, schon gar keine Geschenke für Kinder. Da meine Mutter einen kleinen landwirtschaftlichen Hof betreibt, sind wir sowieso wie die meisten Bauern hier im Dorf zum großen Teil Selbstversorger. Wir wohnen nämlich auf dem platten Land in Norddeutschland, dort, wo man schon morgens sehen kann, wer abends zu Besuch kommt, wie immer scherzhaft gesagt wird. Die große, weite Welt kann man nur durch eine vorhandene Bahnverbindung nach Münster oder Oldenburg erreichen.

Ich liege schlaflos im Bett, kann nicht zur Ruhe kommen. Der Tag hat mich nicht erfüllt, nicht zufrieden gestellt. Er hat mich nicht satt gemacht, mich nicht freundlich angesehen und schon gar nicht weitergebracht.

Das kommt oft vor.

Mit niemandem kann ich darüber sprechen. Bin ich mir dessen bewusst? Ich glaube nicht. In mir eine unbestimmte Sehnsucht nach mehr Leben, mehr Fülle, mehr Farben und Zufriedenheit.

Wenn ich doch nur den Zug hören könnte! Das wäre ein schöner Abschluss für diesen öden Tag.

Wie spät mag es wohl sein?

Ich kenne den Fahrplan des Zuges nicht. Aber er wird kommen. Das weiß ich sicher. Ich schließe die Augen und harre geduldig aus.

Und da schickt er auch schon seine Boten aus.

Ich vernehme ein sanftes Schnaufen und Puffen, das wie aus dem Nichts immer weiter anschwillt, bis es volltönend bei mir ankommt. Ich sehe den Zug vor mir. Die geschäftige kleine Dampflok, die munter fünf Waggons auf der Spur hält, mit ihnen verwachsen ist - wie aus einem Guss - biegt um die Ecke. Gleich wird sie sich wieder prustend entfernen.

Zu schnell rauscht der Zug vorbei, sein Getöse wird schwächer, jetzt verhallt es schon in der Weite. Ein letzter greller Pfeifton schallt aus dem Niemandsland zurück und verebbt im Dunkel der Nacht. Mein Zug in der Nacht, ein Gefährt in die weite, unbekannte Welt, die ich weder mit dem Fahrrad, geschweige denn zu Fuß erreichen kann.

Ich selbst aber bleibe keineswegs unerreicht zurück, dann hätte sich das Warten ja nicht gelohnt. Ich bin tatsächlich aufgesprungen und sitze beim Lokführer vorn, voller Tatendrang, meine Zukunft hat schon begonnen. Was wird sie mir bringen, wohin soll die Reise heute gehen?

Mein Zug durchquert den ganzen Kontinent bis nach Afrika, dorthin, wo es immer warm ist. Dorthin, wo keine Eisblumen im Winter an den Wänden und Fenstern blühen, wo man niemals kalte Füße hat. Das erscheint mir heute, in einer kalten Dezembernacht, gerade wünschenswert.

Aber was will ich in der Ferne anfangen?

Tätig sein - als Missionarin? Gerade haben wir im Unterricht einen tollen Film über Albert Schweitzer in Lambarene gesehen. Ich möchte gerne, dass auch alle Kinder dort lesen und schreiben lernen. Seit ich lesen und schreiben kann, hat sich meine kleine Welt völlig verändert. Mein Bewusstsein und meine Wahrnehmung wurden geschärft. Ich erfahre etwas über die Gedanken und Gefühle, über das Wissen anderer. Meine Gedankenwelt -

das ist ein wunderbarer Rückzugsort in allen kleinen Nöten und Unwegsamkeiten des Alltags.

AUFTAKT OHNE BÜROKRATIE

Fünfzehn Jahre später.

Das Leben verläuft auf anderen Wegen, als man es sich in der Kindheit erträumt hat. Immerhin habe ich einen Teil meines Kindheitstraumes verwirklichen können. Ich bin Lehrerin geworden, bin zweiundzwanzig Jahre alt und wir schreiben das Jahr 1964.

Ich habe die erste Phase der Lehrerausbildung in Vechta in Niedersachsen erfolgreich abgeschlossen und darf mich jetzt Junglehrerin nennen. Der Schulrat hat mir bei der Vereidigung meinen ersten Dienstort mitgeteilt: Es ist Bösel, ein Ort, ungefähr dreißig Kilometer von Warnstedt entfernt, einem kleinen Dorf in der Nähe von Cloppenburg, wo ich geboren bin und vier Jahre lang die Volksschule besucht habe.

Vor dem Dienstantritt wollen meine Freundin Gisela und ich aber noch unbedingt eine Studienkollegin besuchen, die in einer Bauerschaft in der Nähe des Dümmer Sees, im Westen des Norddeutschen Tieflandes, beheimatet ist. Dorthin fahren weder Bus noch Bahn, also ist Trampen angesagt. Erfahrungen mit dem per Anhalter fahren hatten wir zur Genüge gesammelt, immer, wenn wir das Studieren leid waren und wir uns mal wieder einen Tag freigenommen hatten.

Und so stehen wir also an der Landstraße, in der Ferne können wir einen Zipfel des Dümmer Sees aufleuchten sehen. Moore wechseln sich mit Ackerflächen ab und die kleinen Anhöhen des Wiehengebirges und des Teutoburger Waldes erheben sich aus dem Dunst. Wir warten darauf, dass in dieser landschaftlich sehr abwechslungsreichen Gegend endlich einmal wieder ein Auto vorbeikommt. Eine Etappe müssen wir noch bewältigen, dann sind wir am Ziel.

Da nähert sich ein heller VW Käfer mit einem älteren Herrn als Fahrer. Der wird uns sicher mitnehmen! Schnell den Arm ausstrecken. Schon hält der Wagen an und der Fahrer kurbelt die Scheibe herunter.

»Na, wo soll's denn hingehen?«

Wir nennen unser Ziel.

Aber was macht der Fahrer? Er steigt aus und kommt auf uns zu. Erschrocken weichen wir einen Schritt zurück. Und dann geht mir ein Licht auf. Ich erkenne den Schulrat, der uns am Vortag vereidigt hat.

»Sie sind doch Fräulein R.?«

Ich nicke ganz überrascht.

Er fährt fort. »Schön, dass ich Sie hier treffe, dann kann ich's Ihnen ja auch mündlich mitteilen und mir den Brief sparen. Also, Sie kommen nicht mehr nach Bösel, sondern nach Barßel. Das liegt etwa fünfzehn Kilometer weiter nördlich als Bösel. Ich habe mir nach unserem gestrigen Gespräch überlegt, dass ich Sie am besten dort einsetzen kann. Das werden Sie schon schaffen! Melden Sie sich bitte beim Rektor.«

Und schon ist er wieder eingestiegen und auf und davon.

»Was war das denn?«, staunt meine Freundin. »Also, in Barßel war ich auch noch nie! Das gehört ja wohl schon zum Saterland. Dort fahren noch viele Leute zur See, habe ich mal gehört. Auf jeden Fall glaube ich, dass die Berufe der Leute, je weiter man nach Norden kommt, sich auch mehr an der maritimen Branche orientieren.«

Das ist Giselas erste Reaktion auf meinen neuen Dienstort. Ich spüre intuitiv, dass sie meinen neuen Dienstort etwas attraktiver machen will, sonst würde sie sich nicht so speziell ausdrücken. Sie selbst hat nämlich das Glück, an eine Schule in der Nähe ihrer Heimatstadt zu kommen. Mir bleibt die Spucke weg.

So weit weg von zu Hause, denke ich. *In ein Dorf, in dem die meisten Väter zur See fahren. Das ist sicher ein ganz anderer Menschenschlag als die mir bekannte bäuerliche Umgebung.* Ich frage mich, was mich dort erwartet - welche Kinder ich vorfinden werde, wenn die Väter längere Zeit nicht zu Hause sind und die Erziehung den Müttern allein überlassen ist.

Den Aufenthalt bei der Studienkollegin kann ich nicht richtig genießen, weil sich die düsteren Gedanken einer völlig offenen Zukunft immer wieder in den Vordergrund schieben.

Bin ich überhaupt darauf vorbereitet?, frage ich mich die ganze Zeit. *Habe ich im Studium genug Rüstzeug bekommen, um in Barßel allein mit einer Klasse zurechtzukommen? Wird meine Allgemeinbildung ausreichen, um alle Fächer im Stundenkanon von Religion bis Sport zu bedienen? Welche Schwierigkeiten erwarten mich? Und - wie komme ich überhaupt nach Barßel?*

Fragen über Fragen.

Ich vermute, dass der Schulrat mir diese Stelle auf Grund seines ersten Eindruckes zugeordnet hat. Was aber meinte er mit »Ich kann Sie besser dort einsetzen«? Kann man nicht jede oder jeden nach Barßel schicken? Welchen Eindruck hat der Schulrat denn von mir gewonnen? Sicher überschätzt er mich und meine Lebenserfahrung.

Das ist mir in meinem bisherigen Leben schon häufiger passiert. Wegen meiner körperlichen Größe wird von mir immer mehr erwartet als von anderen im gleichen Alter. Aber wie's da drinnen in meinem Kopf aussieht ...

Mein Selbstbewusstsein schrumpft und schrumpft. In welche Zukunft fährt mein Zug, auf den ich in der Kindheit in meinen Träumen so gerne aufgesprungen bin?

HILFE, WO SIND DIE PÄDAGOGEN?

Wenn man an eine neue Schule kommt, gilt das erste Interesse neben der zu unterrichtenden Klasse den Mitgliedern des Kollegiums. Mein Stadtschul- und Sonderpraktikum hatte ich zwar an größeren Schulen absolviert, aber dabei keine Gelegenheit gehabt, die Luft im Lehrerzimmer zu schnuppern.

Warum nicht?

Heute undenkbar, diskriminierend. Damals die Regel an größeren Schulen. Praktikantinnen waren nur geduldet, selbst für ihre Garderobe gab es besondere Bügel. Sie wurden mit der Pausenhofaufsicht betraut und hatten sich sonst im Klassenzimmer oder auf dem Flur davor aufzuhalten.

Wie kann man sich bei diesen Vorerfahrungen dann ein Kollegium in der Praxis vorstellen? Keine Basis vorhanden.

Ein Schulrat hat mich einmal so belehrt:

»Ein Kollegium ist keine Familie, in der alle Mitglieder in Harmonie zusammenleben und sich unterstützen. Was alle eint, ist der Auftrag des Staates, gegen ein Entgelt an der Bildung und Erziehung der Kinder mitzuwirken.«

Dieser Satz hat sich immer wieder im Laufe meines Lehrerinnendaseins, in dem ich an acht verschiedenen Schulen tätig war, als sehr realistisch erwiesen.

Meine naive Hoffnung, am Anfang von einem mir zugewandten Kollegium aufgefangen und betreut zu werden, konnte also eigentlich nur ins Leere laufen. Die Lehrerinnen und Lehrer an der neunklassigen Volksschule in Barßel, der ich als Junglehrerin zugewiesen wurde, waren in ihren Charakteren so unterschiedlich, wie man es sich kaum vorstellen kann.

Voran der Rektor: Stets korrekt gekleidet, trug er werktags natürlich eine Krawatte zu einem graubraunen Anzug. Er unterrichtete immer die Abschlussklasse. Wie er als Pädagoge war, weiß ich nicht. Die Schüler (er unterrichtete nur die Jungen) schrie er selten an, was damals bei einigen Lehrern manchmal zum Alltag gehörte. Was die Schüler, die vor seinem Zimmer mit hängenden Köpfen warten mussten, erwartete, weiß ich allerdings nicht. Hat er mir irgendwelche Ratschläge gegeben? Nein, ich kann mich nicht daran erinnern. Er hat sich aber auch nicht in meine Arbeit eingemischt.

Seine Frau war ebenfalls an der Schule tätig und zwei seiner drei Kinder waren schon eingeschult.

Der Konrektor hatte sich bei seinem Dienstantritt auch auf die Rektorenstelle beworben, diese aber nicht erhalten. Deshalb pflegte er den eben nur notwendigsten Kontakt zum Schulleiter, hielt sich während der Pausen nie im Lehrerzimmer auf, verhielt sich während der einmal im Halbjahr stattfindenden Konferenz extrem angespannt und war oft konträrer Meinung. Im Alltag mit dem übrigen Kollegium zeigte er hingegen eine völlig andere Seite. Da war er munter, unterhaltsam, hatte immer einen Scherz auf den Lippen und ich glaube, dass er mit seinen Schülern gut zurechtkam. Gern unterhielt er sich mit einem etwas jüngeren Kollegen, der - so würde ich heute sagen - Alkoholiker war und dem man oft morgens ansah, wie oder wo er den Abend vorher verbracht hatte. Dieser Mann war ein ausgezeichneter Pädagoge, sehr musikalisch und ging sehr freundlich mit den Kindern um. Der Zeitpunkt seiner Zweiten Lehrerprüfung war aber wegen seiner Alkoholsucht immer weiter hinausgeschoben worden.

Zum Kreis der männlichen Kollegen gehörte dann noch ein Junglehrer, der kurz vor der zweiten Prüfung stand und mir als einziger eine wirkliche Hilfe war. Er war als Lehrer auch den schwachen Schülern besonders zugewandt, sehr kreativ und verfügte über viele didaktische und methodische Kniffe. Wir beide aßen meistens mittags zusammen in der Bahnhofsgaststätte. Dann war er allerdings so wie ich körperlich sehr erschöpft und nicht sehr gesprächig, so dass ich mich ihm nur im Notfall anvertrauen konnte. Seine kurzen knappen Kommentare halfen mir dennoch weiter. Ohne ihn hätte ich wohl ständig an meiner pädagogischen Befähigung gezweifelt und keinen Fuß auf die Erde bekommen.

Bei den Kolleginnen - soweit sie eine Junglehrerin überhaupt als Kollegin wahrnahmen - ist in erster Linie die Frau des Rektors zu nennen, die naturgemäß nicht sehr belastbar war: im Haushalt keine Hilfe, drei Jungen, der älteste davon sehr anstrengend - und dann noch zwanzig Stunden Unterricht in der Woche, mit Vor- und Nachbereitung. Obwohl sie mit mir parallel in der dritten Klasse Deutsch und Mathe unterrichtete, konnte ich keine Unterstützung von ihr erwarten.

An der Schule unterrichtete weiterhin eine Lehrerin, die ein Flüchtling war. Angeblich waren alle Papiere bei der Flucht verlorengegangen. Sie unterrichtete immer das fünfte Schuljahr, nachdem sie im ersten Schuljahr völlig versagt hatte. Man erzählte, dass sie zum Beispiel alle Kinder zuerst einmal beim Unterrichtsbeginn gekämmt hatte, bevor sie dann mit ihnen Verstecken spielte. Da sie die Bruchrechnung nicht beherrschte, wurde diese erst im sechsten Schuljahr eingeführt. Jahre später wurde sie fristlos entlassen, weil sie nie eine Lehrbefähigung besessen hatte. In der Ecke ihres Klassenraums verwahrte sie einen Sack mit Kartoffeln, für den Fall, dass der Schulrat sie unverhofft besuchen würde. Wozu dann die Kartoffeln dienen sollten, konnte mir niemand sagen.

Erwähnenswert ist auch noch eine erzkatholische Lehrerin, die absolut konservative Grundsätze vertrat, die selbst mir als überholt vorkamen, obwohl ich durch die strenge Schule der Nonnen der Liebfrauenschule gegangen war. Diese Lehrerin lag ständig im Streit mit der örtlichen Zeitung, die ihrer Meinung nach zu liberale Grundsätze bei der Veröffentlichung der täglichen Folgen eines Liebesromans abdruckte.

Einmal in der Woche erschien eine Handarbeitslehrerin, die an verschiedenen Schulen tätig war. Ich freute mich immer sehr auf sie, weil sie gute Laune, Heiterkeit und Leichtigkeit verbreitete.

Wie sollte ich mich verhalten? Wem konnte ich vertrauen? An wen konnte ich mich anschließen? Wo würde ich einen Rückzugsort finden, um meine Überlegungen zu ordnen? Das war die stark ernüchternde Realität. Vorbei die Träume im idyllischen Heimatort. Vorbei das Träumen im Gras.

UNTERRICHTEN, WIE GEHT DAS?

»Frollein, kriegen wir bei dir?«, fragt mich ein kleines Mädchen, als ich morgens am ersten Schultag zu Fuß auf dem Schulhof auftauche.

Vor der Eingangstür wartet schon der Rektor mit seiner Frau. Nach und nach kommen die Kolleginnen und Kollegen dazu. Ich bin überrascht über die freundliche Begrüßung, fühle mich aber nicht ganz wohl in meiner neuen Lehrerinnenkluft, für die Mutter mir noch das Geld geliehen hat: weiße Bluse, dunkelblaue Strickjacke, weinroter Faltenrock ...

Weinrot?

Die anwesenden Lehrerinnen scheinen auf meinen Rock zu starren.

»Hübscher Rock!«, äußert sich lächelnd eine Lehrerin, die dem Klischee einer typischen Lehrerin aus der zweiten Hälfte des Jahrhunderts entspricht, so, wie wir uns den Prototyp im Studium immer vorgestellt haben: »schiefe Hacken, Dutt im Nacken«. Ich überlege ernsthaft: Ist die Farbe vielleicht doch zu auffällig? Hätte ich nicht doch besser dunkelblau wählen sollen? Aber ich bin doch erst zweiundzwanzig und noch keine fünfzig!

Um fünf vor acht Uhr schellt es. Der Rektor schließt die Tür auf und ich mache mich auf den Weg zu meinem Klassenraum, den ich am Tag zuvor schon in Augenschein nehmen konnte: ein großer kahler Raum, eine Fensterfront nach Westen, vorne in der Mitte eine Klapptafel, darüber ein Kreuz und hinten an der Wand eine Leiste, wahrscheinlich zum Anbringen von Zeichnungen. Schlicht und ergreifend ein Unterrichtsraum, den es so - in dieser

Form - auch schon vor zehn Jahren gab, als ich noch zur Schule ging. Für mich - ein Pult mit einem Stuhl. Gott sei Dank kein Podest darunter. Gab es überhaupt einen Schrank? Ich kann mich nicht daran erinnern.

Ich habe am Vortag auf die Innenseite der Tafel einen Osterhasen und ein Osterei gemalt und dann meinen »Frollein-Namen« daneben geschrieben (das neue Schuljahr begann bis 1966 immer nach den Osterferien). Einen Schulschlüssel hat mir der Rektor bei der Unterschrift zum Dienstantritt überreicht. Die farbige Kreide musste ich mir beim Hausmeister holen.

»Sparsam damit umgehen! Eine Schachtel muss für ein halbes Jahr reichen.« Und dann zwinkert er mir zu. »Wenn Sie mal mehr brauchen, mir kurz melden - aber nicht in Anwesenheit von Kollegen, Sie verstehen?«

So lautete sein Kommentar. Ich verstehe erst einmal vieles nicht, frage aber auch nicht nach, sondern warte ab.

Nachdem ich meine Tasche im Klassenraum abgestellt habe, begebe ich mich wieder nach draußen, wo sich die Schüler und Schülerinnen der Jahrgänge eins bis vier schon in Zweierreihen aufgestellt haben. Die oberen Klassen haben einen eigenen Eingang. Klassenweise werden die Kinder nun in die Schule geführt. Als das dritte Schuljahr dran ist, stellt der Rektor mich kurz vor. Er schließt mit den Worten: »So - und jetzt sind Sie dran! Viel Spaß und viel Erfolg!«

Alle Kinder sind mucksmäuschenstill, als ich sie in ihre Klasse führe. Ich höre nur das Fußgetrappel hinter mir.

Und dann sind sie alle endlich im großen Klassenzimmer angekommen und stehen zu zweit hinter ihrer Schulbank: achtundfünfzig Schüler und Schülerinnen im dritten Schuljahr, erwartungsvoll die Augen auf mich, das angekündigte Frollein, gerichtet. Ich bin mindestens so aufgeregt und erwartungsvoll wie diese Drittklässler. Aber ich muss ja Haltung zeigen. Ich bin jetzt eine Lehrerin. Bin ich *ihre* Lehrerin? Nein, das wird noch dauern.

»Guten Morgen!«, begrüße ich alle und setze mein Sonntagslächeln auf.

Als ich keine Antwort bekomme, fällt mir siedend heiß das Ritual ein, an das die Kinder wahrscheinlich gewöhnt sind. Zuerst wird immer gebetet! Wie kann eine katholische Lehrerin so etwas vergessen!

Schon wieder eine Hürde. *Welche Gebete kennen die Kinder?* Nachfragen geht natürlich nicht. Ich höre schon die Kinder zu Hause erzählen: »Das neue Frollein kennt kein Schulgebet, es hat *uns* gefragt ...!«

Also - selbst die Initiative ergreifen.

Das Vaterunser werden wohl alle beherrschen und ich beginne mit dem Kreuzzeichen und dem Anfang.

»Vater unser ...«

Die meisten Kinder beten artig, wenn auch verhalten mit. Dann erst folgt die Begrüßung, eine Tafelhälfte wird geöffnet und mein Zuname erscheint. Er wird eingeübt, indem er mehrfach vor- und nachgesprochen wird. Danach verfalle ich in den üblichen Lehrerinnenton mit dem Kommando: »Setzt euch!«

Ich atme tief durch.

Wie beginnen, wenn achtundfünfzig Augenpaare auf mich gerichtet sind?

Das Zauberwort in der Ausbildung bei den Praktika hieß »Stummer Impuls« - das heißt, versuchen, die Kinder aus der Reserve zu locken.

Also öffne ich eine Tafelhälfte und das große bunte Osterei mit dem Osterhasen erscheint. Ich warte. Die Kinder staunen.

»Oh, schön!«

Dann wieder Stille.

Ich versuche es mit dem zweiten Impuls, indem ich die Geste des Aufzeigens nachahme. Ein Junge, den ich als Sohn des Rektors identifizieren kann, meldet sich.

»Wir haben dieses Jahr auch Ostereier bekommen. Die waren im Garten versteckt!«

Jetzt ist endlich der Bann gebrochen. Jungen und Mädchen erzählen von ihren Ostererlebnissen oder rufen Bemerkungen in die Klasse. Alle - nein nicht alle - aber viele möchten drankommen. Ich erinnere mich bei dem Durcheinander an die Grundregel: *Wehret den Anfängen!* und ermahne die Kinder zum Aufzeigen, was sie dann auch eine Weile beherzigen. Ein Blick auf die Uhr zeigt mir, dass ich schon längst mit der geplanten Stillarbeit, dem Ostereiermalen, beginnen wollte.

»Dürfen wir auch dein Osterei abmalen?«, fragt ein Mädchen aus der ersten Reihe.

»Wenn es dir gefällt? Klar!«, antworte ich und die Kleine nickt.

»Dann machen *wir* das auch!«, rufen ein paar Jungen.

Ich freue mich über diese ersten Annäherungen an das neue Frollein.

Plötzlich steht eine Kollegin im Raum. Sie ist augenscheinlich ein mütterlicher Typ, was sich auch später bewahrheitet. Hat sie angeklopft? Sicher! Ich habe nichts gehört. Vielleicht war es auch zu laut? Ich schaue nervös auf meine Uhr. In der Tat, ich muss wohl das Schellen überhört haben. Hat es überhaupt geschellt? Die Kollegin flüstert mir zu:

»Sie müssen jetzt Schluss machen, weil wir doch gleich alle zum Anfangsgottesdienst in die Kirche gehen.« Dann wirft sie einen Blick auf die geöffnete Tafel und meint aufmunternd: »Schönes Osterei, gute Idee.«

Die Kinder sind inzwischen ganz still geworden. Das muss wohl an der natürlichen Autorität dieser Kollegin liegen. Sie wendet sich den Kindern zu, nimmt mir das Konzept aus der Hand und fragt:

»Wer muss vorher noch auf die Toilette?«

Einige Kinder zeigen auf.

»Also, dann mal los, zuerst die Mädchen.«

Wir warten gemeinsam, bis alle Mädchen zurück sind. Da die Kollegin meinen erstaunten Blick wohl wahr genommen hat, erklärt sie mir den Grund für diese Maßnahme.

»Das ist ein Konferenzbeschluss: ›Erst die Mädchen, dann die Jungen.‹ Manche Jungen machen nämlich ihre Hose draußen auf und zu und dann sollten ihnen die Mädchen nicht gerade begegnen.«

Ich mache den Mund wieder zu.

Im Schweigemarsch verlassen wir schließlich den Klassenraum und schließen uns draußen den anderen Schuljahrgängen an.

Geht der Lehrer der Klasse voraus oder schließt er sich hinten an?, überlege ich.

Ich entscheide mich für die zweite Möglichkeit. Ein Blick nach vorn zu den anderen Kollegen bestätigt mir: *Das ist richtig! So geht das!* Über meinen Autoritätsverlust wegen der Toilettenansage will ich im Moment nicht nachdenken.

So marschieren sie vor mir her, meine Schützlinge, zuerst natürlich die Jungen und dann die Mädchen. Ich warte schon darauf, dass ein Lied angestimmt wird, während wir die Hauptstraße entlangziehen, aber das passiert Gott sei Dank wohl wegen des Verkehrs nicht. Ein kleines blondes Mädchen neben mir ergreift meine Hand und flüstert:

»Darf ich dir anfassen?«

Es ist die Kleine, die mich auch schon morgens als Erste begrüßt hat. Ich bin ganz gerührt von so viel Zutrauen, aber dann denke ich, dass das Händchenhalten auch eine gewisse Eifersucht bei den anderen Mädchen hervorrufen könnte. Lächelnd löse ich meine Hand aus ihrer.

»Du bist wohl eine ganz Liebe?« Und nach einer Weile: »Du, ich gehe eben ein paar Schritte vor, die Jungen da vorne rennen mir da doch zu schnell.«

Gefahr erkannt - Gefahr gebannt!

ES GIBT KEIN BIER AUF HAWAII

Der Ablauf des Unterrichts am Anfang eines Schulhalbjahres ist heutzutage genau geregelt: Die Klassenstärke steht ohnehin fest, der Stundenplan wurde erstellt, Klassenlehrer und Fachlehrer sind verteilt, Pausen- und Busaufsicht sind geregelt und vieles mehr. Alles ist von Beginn an ordentlich festgeschrieben.

So viel zu regeln gab es für den Rektor und das Kollegium in den 60er Jahren allerdings nicht.

Wenn man als Junglehrerin für achtundfünfzig Schüler und Schülerinnen zuständig war (heute wären das drei Klassen zur gleichen Zeit!), dann bereitete diese Klassenstärke natürlich große Probleme bei einer Unterrichtszahl von dreißig Stunden. Damals wurde auch samstags noch unterrichtet (bis in die 90er Jahre). Ich musste also jeden Tag fünf Stunden durchstehen.

Zum Glück gab es an unserer Schule in den ersten vier Wochen immer nur vier Stunden am Tag.

Warum?

Zur Eingewöhnung, als Übergang, weil der gesamte Stundenplan nicht stand? Keine Ahnung. Waren es Plusstunden oder Minusstunden? Nein, das waren noch Fremdwörter. Der Klassenlehrer hatte in dieser Zeit den ganzen Stundenkanon von Religion bis Sport zu bedienen. So stand am Anfang die Vorbereitung von vorerst vierundzwanzig Stunden immer im Mittelpunkt, die sich auf die vorhandenen sechs Schulbücher stützte: Bibel, Katechismus, Lese- und Sprachbuch und das Rechenbuch.

Aus, Finito!

Kein Lehrerhandbuch, absolut nichts an Hilfen und methodischer oder didaktischer Unterstützung. Rückgriff auf Empfehlungen aus dem Studium? Fehlanzeige bis auf das Fach Deutsch. Ein praxisnaher Professor hatte Gott sei Dank einige hilfreiche Bücher herausgegeben.

Einfallsreichtum und Kreativität genügten nicht, um sich selbst und den Kindern gerecht zu werden:

Frollein, mir ist so langweilig! Frollein, ich bin schon lange fertig! Frollein, ich kann das nicht! Frollein, wann ist endlich Pause? Frollein, der Hans nimmt mir immer den Bleistift weg!

Spätestens dann, wenn sich die Mehrzahl der Kinder nach und nach zum Toilettengang meldete, wusste ich, jetzt muss ein Methoden- oder Stoffwechsel folgen. Es war zum Verzweifeln! Die angeordneten Hausarbeiten wurden auch nicht vollständig und zu meiner Zufriedenheit angefertigt, dabei hatte ich sie eingehend besprochen. Und wann und wie sollte ich überhaupt so viele Hefte kontrollieren?

Nach einer Woche wusste ich nicht mehr ein noch aus. Da kam mir ein jüngerer Kollege zu Hilfe. Er unterrichtete in der Klasse nebenan und hatte sicher den Lärm in meiner Klasse, meist am Ende einer Unterrichtsstunde, mitbekommen.

»Fräulein R., darf ich Ihnen einen Tipp geben?«

Ich war erstaunt. Der Kollege konnte sich in meine Lage versetzen. Ich konnte nur nicken, sonst wäre ich in Tränen ausgebrochen.

»Also, Fräulein R., lassen Sie den Stundenplan doch einfach einmal außer Acht. Versuchen Sie jeden Tag die Schüler da abzuholen, wo sie gerade sind, um sie auf Ihre Seite zu ziehen. Wie das geht, werden Sie ja wohl herausfinden, so wie ich Sie einschätze.«

Ein guter Rat!

Aber wie umsetzen? Erst mal drüber schlafen. Nein, nicht nachts, sondern am Nachmittag. Nach vier Stunden Unterricht war ich physisch so erschöpft, dass ein kurzer Mittagsschlaf die beste Möglichkeit war, sich zu entspannen und abzuschalten.

Als ich aufwache, habe ich immer noch keine Idee, wie und wo ich meine Klasse abholen könnte.

Ich öffne das Fenster und zu mir herüber schallt die Musik von der Kirmes auf dem Kirchplatz: »Es gibt kein Bier auf Hawaii ...«

Wenn ich ein Mann wäre, würde ich mir in meiner Misere jetzt am späten Nachmittag wohl ein Bier gönnen. *Oder zwei?*, fährt es mir durch den Kopf. Aber als Frollein? Unmöglich! Geht gar nicht! Zurück zu meinem Problem, die Kinder dort abzuholen, wo sie sind.

Wo sind sie denn jetzt gerade? Mir fällt es wie Schuppen von den Augen.

Sie sind natürlich alle auf der Kirmes.

Die Kirmes - ein wunderbares Thema für einen Tag. Zum Beispiel in Mathematik: *Hans kauft zwei Lutscher und eine Zuckerstange. Ein Lutscher kostet ...?* Ich habe keine Ahnung, was ein Lutscher kostet, aber Hans wird das bestimmt genau wissen.

Im Nu habe ich einige Sachaufgaben aufs Papier gebracht, dazu noch ein paar Zusatzaufgaben für die schnellen Schüler.

Und was mache ich mit der Kirmes in der Deutschstunde? Davon erzählen lassen natürlich. Daran werden sich viele beteiligen, aber nicht zu lange, sonst fängt die Unruhe wieder an. Dann einen kleinen Aufsatz schreiben lassen? Thema: *Was ich alles auf der Kirmes erlebt habe ...*

Nein, niemals! Nein!

Ich habe mir geschworen, diese Erlebnisthemen zu vermeiden, weil ich sie in meiner Grundschulzeit geradezu gehasst habe. Nach den Ferien immer diese öden Themen: *Mein schönstes Ferien-*

erlebnis, *was das Christkind mir gebracht hat* oder *Ostereier suchen* und so weiter.

Eine Frage sei erlaubt: Was sollte man schreiben, wenn eigentlich nichts Besonderes passiert war? Was sollte man schreiben, wenn etwas Schlimmes passiert war, wovon man dem Lehrer aber auf keinen Fall erzählen wollte? Das gab es ja auch. Warum sollte der Lehrer das erfahren?

Schließlich entscheide ich mich für das Thema »Was ich alles auf der Kirmes gesehen habe«. Dazu kann jeder Schüler etwas schreiben, und wenn er nur verschiedene Buden aufzählt. So komme ich auch den schwachen Schülern entgegen. Ein Problem stellt sich aber doch. Was mache ich mit den Kindern, die nicht auf der Kirmes waren? Ich überlege und überlege ...

Halt! Stopp!

Die einzige, die nicht auf der Kirmes war, werde wahrscheinlich eher ich selbst sein. Ein Blick auf die Uhr zeigt mir, dass es inzwischen schon sieben Uhr geworden ist. Jetzt noch allein auf den Kirmesplatz zu gehen, das wage ich nicht. Wahrscheinlich stehen um diese Zeit schon angetrunkene Männer am Bierstand und werden mich möglicherweise anpöbeln.

Nein, das ist ein No-Go, würde man heute sagen. Bleibt nur die Hoffnung, dass meine Wirtin kurz mitkommt. Was sie auch prompt macht. Wofür ich sehr dankbar bin.

Am nächsten Morgen bin ich ganz gespannt, was das Thema Kirmes mit mir und der Klasse machen wird.

In der Religionsstunde beschränke ich mich auf die Wiederholung der letzten Geschichte. In der Bibel steht keine Erzählung, die zum Thema passt. Und was steht im Katechismus? Mit dem habe ich sowieso meine persönlichen Schwierigkeiten. Das Moralisieren »Du sollst nicht ...« widerstrebt mit total.

Also geht es weiter mit dem Erzählen und der Vorbereitung des Schreibens.

»Frollein, du warst aber noch ganz schön spät auf der Kirmes, hat mein Papa gesagt - zusammen mit der Lisbeth. Und du hast dir gebrannte Mandeln gekauft. Ich mag die nicht.«

Ja, so ist es auf dem Dorf. Die soziale Kontrolle funktioniert reibungslos.

In der dritten Stunde bietet sich das Malen an. Die Wasserfarben werden herausgeholt und schon fliegen die bunten Luftballons in der blauen Luft davon. Die Klasse macht gut mit und ist sehr entspannt, weil ich es auch bin.

Dann folgt die vierte Stunde. Was bietet sich an? Ideal wäre ein Gang zum Kirmesplatz, um zu beobachten, wie die Spielgeräte und Buden wieder abgebaut werden. Das wäre eine runde Sache gewesen, aber leider habe ich mich in der großen Pause nicht getraut, den Rektor um Erlaubnis für den geplanten Unterrichtsgang zu bitten - aus Angst vor einer Absage in Gegenwart der anderen Kollegen.

Darum beschließe ich, den Tag mit Kreis- und Laufspielen auf dem Schulhof zu beenden.

Bei der schriftlichen Nachbesinnung der Stunden, die ja jeden Tag erfolgen muss, beschließe ich den geplanten Unterrichtsgang aus der Mappe zu entfernen. Oder doch nicht? Wird sich überhaupt einmal jemand diese Aufzeichnungen ansehen? Ich nehme die Antwort vorweg. Die dicke Mappe wurde nur einmal anlässlich der Zweiten Lehrerprüfung vom Schulrat durchgeblättert.

Und wie ging's mit dem Unterrichten weiter? Auf jeden Fall viel entspannter. Ich verließ mich mehr auf meine Intuition und Kreativität ...

Also - abwarten, ruhig bleiben und Tee trinken. Tee wird nämlich in Barßel zu jeder Tageszeit getrunken. Daran musste ich mich als Kaffeetrinkerin erst mal gewöhnen.

DER SCHULRAT HINTERM BAUM

Die Bezeichnung »Schulrat« gab es noch bis in die 1990er Jahre. Ursprünglich war das noch eine Bezeichnung aus dem Deutschen Kaiserreich, die wortwörtlich für die bezeichnende Person zutreffen konnte - der Schulrat war dann tatsächlich ein »Ratgeber«, jemand, der alle Mitglieder des Kollegiums gut kannte und betreute.

Die große Verwaltungsreform in den 90er Jahren ließ aber persönliche Nähe nicht mehr zu. Die Betreuung der verschiedenen Schulformen wurde zunehmend anonymer und rückte auch geografisch weiter von den zu beratenden Schulen ab.

Heute obliegt die Schulaufsicht der Landesschulbehörde und wird in ganz Niedersachsen von nur vier regionalen schulfachlichen Dezernenten ausgeführt.

Schon in den ersten Wochen meiner Lehrerinnenzeit war immer wieder zwischen den Zeilen die Rede vom Schulrat. Seine Dienststelle befand sich in der etwa dreißig Kilometer entfernten Kreisstadt. Der Tenor seiner Charakterisierung war eindeutig:

»Vor ihm muss man sich in Acht nehmen!«

Ja, einige Lehrerinnen und Lehrer schienen regelrecht Angst vor dem Schulrat zu haben. Er wäre immer am Morgen mit seinem grauen VW unterwegs. Man müsse jederzeit mit seinem Erscheinen rechnen. Nein, anmelden würde er sich nie. Sollte ich einmal morgens den bezeichneten Wagen auf dem Parkplatz entdecken, dann wüsste ich hoffentlich, was zu tun wäre.

»Was denn?«, fragte ich ahnungslos nach.

»Also, dann schnellstens in die Klasse rennen und sofort alle vertrockneten Blumen aus den Vasen auf der Fensterbank entfernen und die Tafel ganz schnell noch sauberer putzen!«

Also ein ordnungsliebender Schulrat, dachte ich. Dagegen war doch nichts einzuwenden. Die vertrockneten Blumen würde ich vielleicht jeden Tag während der Stillarbeit entfernen und die Tafel noch einmal selbst putzen, bevor ich die Schule verlassen würde. Das war mein Plan.

So, als könnte sie meine Gedanken lesen, fuhr die Kollegin fort: »Nein, sicher sein kann man sich nie. Er kann auch die Straße hinter der Schule nehmen, dort parken und sich dann hinter einen Baum stellen, um zu sehen, wer unpünktlich zum Unterricht kommt.«

Ich stellte mir das bildlich vor und musste unwillkürlich lachen. Ein Schulrat hinter einem Baum auf Beobachtungsposten!

»Das ist nicht zum Lachen, Frollein R.. Woher sollte der Schulrat sonst wissen, dass unser Kollege Hermann so oft zu spät zum Unterricht kommt?«

Ich enthielt mich einer weiteren Meinung. In den nächsten Tagen ließ ich meinen Blick immer einen weiten Kreis ziehen, um sicher zu gehen, dass niemand im Geheimen das Ankommen der Mitglieder des Kollegiums beobachtete. Bis zu den Pfingstferien tauchte kein Schulrat auf. Ich dachte aber fortwährend an den versteckten Schulrat hinter dem Baum. Vielleicht hatte ja jemand anderes Hermann angeschwärzt? Die Eltern? Nein, das glaubte ich nicht. Vielleicht musste der Schulleiter auch auf einen Anruf hin die Wahrheit preisgeben? Weil der Schulrat sich persönlich nach dem Kollegen Hermann erkundigt hatte?

Könnte sein.

Aber dann, eines Tages im Juni, bewahrheiteten sich alle Gerüchte. Fräulein Z. erzählte mir hinter vorgehaltener Hand:

»Der Schulrat war heute da. Herrn H. hat er angeschrien: ›Sie haben ja schon wieder eine Fahne!‹ Und stellen Sie sich vor!« Das sagte sie mit einer gewissen Schadenfreude, weil sie mit dem Rektor ständig auf Kriegsfuß stand. »Dem Rektor hat er's aber endlich derbe gegeben: ›Ihre Schule sieht ja aus wie ein Saustall!‹«

Ich hatte von diesem Drama nichts mitbekommen. Aber wer weiß? Vielleicht hatte der Schulrat ja auch auf dem Weg über den Flur zum Klassenzimmer von Herrn H. an meiner Tür gehorcht?

Dann folgte die erste Woche nach den Sommerferien. Am Freitagabend hatte der Rektor anlässlich seines fünfzigsten Geburtstages das Kollegium in die Gaststätte »Zum goldenen Anker« eingeladen. Solch eine gemeinsame Feier hatte es bisher noch nie gegeben, wurde mir versichert.

Alle, bis auf das ältere Fräulein mit dem Sack Kartoffeln, das sich an diesen »Alkoholorgien« nicht beteiligen wollte, waren gekommen. Es gab tatsächlich nur Bier und Schnaps und gebratenes Hähnchen. Mir gestattete man ein alkoholfreies Getränk, aber um ein paar Schnäpse kam auch ich nicht herum. Die Wirkung des Alkohols konnte ich schon spüren, als ich als Erste das Lokal verließ und in meiner Wohnung sofort zu Bett ging.

Am nächsten Morgen wache ich mit Kopfschmerzen auf, die sich auch durch einen starken Kaffee nicht vertreiben lassen. Auf dem Schulweg überlege ich mir, den festgeschriebenen Stundenplan für diesen Tag zu ändern. Religion, Deutsch, Mathematik, Sachunterricht und Sport sind angesagt.

Ich beschließe, in der ersten Stunde alle Hausarbeiten in Mathe und Deutsch zu kontrollieren und in der zweiten und dritten Stunde Kunst anzubieten. Dann würde ich weiter sehen, was noch möglich ist.

Plötzlich, zu Beginn der zweiten Stunde klopft es und ... der Schulrat tritt ein.

»Guten Morgen, Kinder. Bleibt sitzen, mich kennt ihr ja schon. Ich wollte nur kurz euer neues Fräulein besuchen.«

Dann gibt er mir freundlich die Hand. »Guten Tag, Fräulein R.. Ich wollte mich doch endlich mal erkundigen, wie es Ihnen hier so geht.«

Er geht zur Wand hinüber, wo der Stundenplan ordnungsgemäß angeheftet ist. »Wie ich sehe, steht in der zweiten Stunde Deutsch auf dem Plan. Dann legen Sie mal los!«

Dann streift er an den Fensterbänken mit den nicht mehr ganz frischen Blumen in den Vasen entlang und stellt sich lächelnd hinter der Klasse an die Wand.

Eiskalt erwischt, Frollein!

Mein Blick geht zur geöffneten Tafel, an der ein noch passabler (einigermaßen sauberer) Lückentext steht, den die Kinder aber schon zu Hause bearbeitet haben. Was soll ich jetzt nur machen? Mir bleibt nur eins übrig. Ich muss versuchen, diesen Text noch einmal wiederzubeleben. Hoffentlich werden die Kinder mich nicht verraten.

Nach der Wiederholung des Textinhaltes und der Lücken habe ich schon etwas mehr Sicherheit gewonnen. Alles klappt wie am Schnürchen, weil das Thema ja bekannt ist. Jetzt muss die Stillarbeitsphase folgen. Meine grauen Zellen arbeiten auf Hochtouren. Um die vorlauten und cleveren Kinder »mundtot« zu machen, rufe ich sie einzeln auf und teile ihnen eine schwere neue Aufgabe zu, erkläre diese, antworte auf gestellte Fragen und wende mich dann den übrigen Schülern zu.

Vorher aber noch die Ansage: »Nehmt bitte *alle* das Schulheft heraus!« Dazu muss man wissen: Das Schulheft wurde für alle Arbeiten im Unterricht benutzt, das Hausheft für die Reinschrift und die Hausaufgaben.

»Ihr dürft den Text mit den Lückenwörtern abschreiben, aber in Schönschrift, in der *Sonntagsnachmittagsausgangsschrift*.«

Die Kinder schauen mich verdutzt an - natürlich deswegen, weil der Lückentext ja schon im Hausarbeitsheft steht. Wir haben ihn schließlich am Vortag erarbeitet.

Ein Junge in der ersten Reihe meldet sich.

»Aber Frollein, wir haben doch ...«

Weiter lasse ich ihn nicht kommen, trete schnell an ihn heran und flüstere ihm ins Ohr: »Ich weiß, aber mach das einfach. Bitte sei so lieb!«

Alle Kinder arbeiten jetzt schriftlich. Ich atme auf. Wenn ein Schüler aufzeigt und Hilfe braucht, eile ich schnell zu ihm und ermuntere ihn zum Weitermachen. Ich sehe, dass der Schulrat durch die Reihen wandert und sich ein Heft von Hanna, die in der letzten Reihe sitzt, nimmt. Er schmunzelt. *Kein verkehrtes Zeichen*, denke ich.

Dann wendet er sich an die Kinder und meint: »Ihr schreibt jetzt das letzte Wort zu Ende und dann habt ihr alle eine verlängerte Pause.«

Das lassen sie sich nicht zweimal sagen und schon sind sie verschwunden.

O je! Was ich jetzt wohl alles falsch gemacht habe!, denke ich bei mir, als der Schulrat mich fragt: »Wie gefällt es Ihnen denn hier? Haben Sie sich schon eingelebt?«

Es folgt eine ganz Menge an Fragen, die sich nicht um Schule und Unterricht drehen.

»Wo wohnen Sie? Wo essen Sie mittags? Haben Sie Bekannte oder Verwandte hier in der Nähe? Wie kommen Sie samstags nach Hause? Ein bisschen Heimweh hier in der Fremde haben Sie sicher auch. Das kann ich Ihnen ansehen!«

Ich bin erstaunt über diese fürsorglichen Fragen und mir wird schon etwas leichter ums Herz.

Und dann fragt er gezielt: »Haben Sie Unterstützung bei der Vorbereitung des Unterrichts? Wer ist Ihre Mentorin? Wie ist die Stimmung im Kollegium?«

Ich merke, er kennt sich mit den Mitgliedern des Kollegiums gut aus, weiß einfach über alles Bescheid, weil ich auf einige Fragen doch sehr allgemein und bewusst unpräzise antworte. Dann meint er ganz väterlich:

»Tut mir leid, dass Sie es nicht so gut getroffen haben. Nur Mut, nicht aufgeben! Sie haben ja schließlich Fantasie und zu den Schülern ein gutes Verhältnis, das haben Sie mir ja heute bewiesen. Sie werden das hier schon schaffen! Vielleicht könnten Sie noch etwas höhere Leistungen von den Schülern fordern. Was Sie heute gezeigt haben, war O.K., aber doch relativ leicht für diese Klasse, nicht wahr?«, fragt er irgendwie spitzbübisch.

Ich kann nur dankbar nicken.

»So, jetzt will ich noch schnell Ihrem Rektor ein schönes Wochenende wünschen und – wie gesagt - Sie werden das hier schon packen!«

Schon ist er aus der Tür. Inzwischen hat es auch zur großen Pause geschellt.

Erleichtert sinke ich auf den Lehrerstuhl und hole erst mal tief Luft. Bevor ich mich ins Lehrerzimmer begebe, möchte ich aber noch wissen, warum der Schulrat schmunzeln musste, als er in Hannas Heft geblättert hat. Das Heft liegt noch aufgeschlagen auf der Bank: saubere Schrift, kein Krickelkrakel, kaum Fehler beim Abschreiben. Ich blättere zurück.

Das kann nicht wahr sein!

Da steht er noch einmal, derselbe Text. Hanna hat ihn nicht ins Schulheft, sondern noch einmal ins Hausheft geschrieben. Der

Text steht also doppelt da. Kein Wunder, dass der Schulrat schmunzeln musste. Er hatte mich durchschaut.

Am nächsten Tag fragt Hanna:

»Frollein, wer hat denn jetzt Läuse?«

Ich weiß absolut nicht, was Hanna meint und warum sie gerade jetzt diese Frage stellt. Die Frage scheint aber berechtigt, weil nach den Sommerferien immer irgendwelche Kinder mit Läusebefall in die Schule zurückkehren.

»Warum fragst du das gerade heute?«

»Ja, gestern war doch der Läusemann da. Der hat doch allen von oben auf den Kopf geguckt, als er durch die Reihen ging!«

EIN AUSFLUG AM NACHMITTAG

Reisen und vor allem die Reiseplanung, das ist heutzutage kein Problem. Alles übers Smartphone möglich: Route, Entfernung, Kosten, Dauer etc. In den 60er Jahren hingegen war das Reisen ein Event, würde man heute sagen - vor allen Dingen, wenn man kein eigenes Auto hatte und auf öffentliche Verkehrsmittel angewiesen war.

Mein erster Kurztrip sollte quer durchs Saterland gehen, ich wollte Gudrun, eine ehemalige Schulkameradin, besuchen. Das konnte ich nur an einem Nachmittag tun, der nicht mit Unterrichts– oder Seminarvorbereitungen verplant war; diese Arbeit wollte ich pflichtbewusst vorher erledigen.

Gudrun, die die gleiche Laufbahn wie ich eingeschlagen hatte, wohnt in einer Lehrerwohnung über der Schule, so viel weiß ich. Aber wo befindet sich die Schule in dem fremden Ort? Vermutlich in der Nähe der Kirche. Bushaltestellen gibt es dort auch, das ist schon einmal beruhigend.

Woher ich Gudrun genau kenne? Wir waren zusammen am Gymnasium, später traf ich sie beim ersten Seminar nach Dienstantritt unverhofft wieder. In der langen Schulzeit hatten wir keinen besonders nahen Kontakt, aber jetzt verspüre ich doch das dringende Bedürfnis, mit einer Leidensgenossin die Nöte und Sorgen einer Anfängerin zu teilen. Daraus wird sich eine Freundschaft entwickeln, die bis heute hält.

Gudrun erwartet mich, weil ich mich bei ihr telefonisch über den Rektor ihrer Schule angemeldet habe. Sehr umständlich, diese Kommunikation über Dritte, unvorstellbar heutzutage. Nach einer Dreiviertelstunde Bummelfahrt über etliche Dörfer, die ich im Laufe der Ausbildung noch näher kennenlernen werde, bin ich an meinem Zielort angekommen.

Eine knappe Stunde Aufenthalt, das ist nicht gerade viel Zeit zum Klönen. Ich frage eine ältere Frau, die gerade aus der Kirche kommt, nach der Schule und der Lehrerwohnung.

»Sie wollen sicher zu der neuen Lehrerin?«, meint sie, nachdem sie mich von oben bis unten gemustert hat.

Ich nicke.

»Die wohnt drüben auf der Schule.«

Jetzt entdecke ich auch die Schule, die etwas verdeckt abseits des Kirchplatzes liegt.

Aha, denke ich, *auch hier weiß jeder, dass an der Schule eine neue Lehrerin eingestellt wurde.* Alles spricht sich eben rum, genau wie in meinem Schulort.

Ich suche den Eingang zu den Lehrerwohnungen und sehe, dass die Tür offen steht. Ein Namensschild hat meine Schulkameradin noch nicht angebracht, aber auf der Schule scheinen zwei weitere, mir unbekannte Kollegen zu wohnen.

Nachdem ich die steile Treppe überwunden habe, klopfe ich vorsichtig an die erste Tür. Die Wiedersehensfreude ist groß.

»Hallo, da bist du ja endlich! Du bist mein erster Besuch. Komm rein!« Pause. Gudrun schluckt. »Ja, viel zu sehen gibt es hier noch nicht.«

Ich darf ihr Domizil besichtigen: eine Zweizimmerwohnung mit Bad, im Wohnzimmer steht nur ein einziges Möbelstück: eine zweisitzige alte Schulbank. Es gibt nur einen Stuhl, auf der Fensterbank stehen ein Wasserkocher, ein Brotkasten, ein Glas und ein Gedeck und etwas Besteck.

»Mein Bett habe ich ja schon, die anderen Möbel kommen morgen, Vater konnte nicht eher einen Anhänger bekommen.«

Da bin ich doch froh, dass mein Schulleiter mir eine möblierte Wohnung besorgt hat.

»Anbieten kann ich dir nur ein Glas Wasser oder eine Tasse Tee.«

Da ich keine zweite Tasse auf der Fensterbank entdecken kann, entscheide ich mich für ein Glas Wasser. Gudruns Trinkgefäß ist ihr eigener Zahnbecher. Und so sitzen wir beide lachend auf der Bank und haben Spaß an diesem multifunktionalen Möbelstück: als Tisch zum Essen, zum Sitzen überhaupt und zur Unterrichtsvorbereitung. Gudrun hat noch ein paar Plätzchen dazugestellt. Was brauchen wir mehr?

Gudrun gibt noch eine Erfahrung preis:

»Wenn man hier auf der Bank sitzt, kann man sich viel besser in die Lage der Schüler versetzen, wie sie denken und was sie von mir erwarten.«

So beginnt der gemeinsame Austausch der bisherigen Erfahrungen. Konsens: Man traut uns eine Klassenführung zu, aber es gibt gefühlt tausend Hindernisse, die den Alltag erschweren. Unausgesprochen - zwischen den Zeilen - bleibt das Heimweh. Wir vermissen beide unser häusliches Umfeld, haben nicht einmal ein Telefon, um eine Verbindung aufzunehmen.

Schnell vergeht die eingeplante Stunde und ich muss mich sputen, um den Bus nicht zu verpassen. Nicht auszudenken, das wäre eine Katastrophe!

Mein Resümee am Abend: Gudrun und ich sind zwar ganz unterschiedliche Typen von Lehrerinnen, aber es gibt doch eine Schnittmenge: Wir haben die gleichen Anfängerprobleme und wir beide vermissen unsere vertraute Umgebung.

Werden wir Fuß fassen und in der Lage sein, die kommenden Probleme zu meistern, um die zweite Lehrerprüfung zu bestehen?

EINE HANDTASCHE KAUFEN

Mit fünfhundertachtzig D-Mark im Monat haushalten, das war damals nicht so schwer, vor allen Dingen, wenn man noch nie einen Pfennig verdient hatte: Miete, Mittagessen, Fahrtgeld, das waren die größten festen Kosten. Ja, und der Rest, der zerfloss so zwischen den Fingern.

Aber da gab es doch etwas, was ich mir schon immer leisten wollte: eine Handtasche. Die hat doch jede junge Frau.

Auf ging's mit dem Bus in die nächste Stadt. Das Ledergeschäft war schnell gefunden.

»Na, was soll's denn sein?«

»Eine Handtasche!«, lautet die feste Antwort.

Die Verkäuferin mustert mich von oben bis unten.

»Kunstleder oder echtes Leder?«

Was für eine Frage! Ich überlege und ich komme mir vor wie eine Schülerin, die ihre Hausaufgaben nicht gemacht hat.

»Leder bitte«, sage ich und schon werden ein paar Taschen aus dem Glasschrank hinter der Theke hervorgezogen.

»Haben Sie an eine bestimmte Farbe gedacht?«

Ich zögere und denke: *Habe ich nicht, wie dumm!*

»Wozu soll die Tasche denn passen?«

Was für eine Frage! Sehe ich so aus, als ob ich mir zu jedem Kleidungsstück eine entsprechende Tasche leisten könnte? Dann braucht man ja ein ganzes Sortiment. Meine Tasche muss zu allem passen: zum Kleid, zu den Schuhen, zum Mantel, werktags und sonntags. Das wage ich aber nicht laut zu äußern.

Ich fühle mich total überrumpelt. Schließlich gelingt es mir, die Fassung wieder zu erringen und ich sage mit fester Stimme: »Ich hatte an eine schwarze Tasche gedacht.«

Die wird ja wohl immer zu allem passen, oder etwa doch eine dunkelbraune? Braun, das ist doch eine typische Handtaschen-Lederfarbe.

Die Verkäuferin sucht aus dem breiten Angebot ein paar Taschen heraus. In die engere Wahl kommen fünf schwarze Taschen. Alle werden geöffnet und die Innenausstattung wird vorgestellt: mit Reißverschluss, mit Schnappschloss zum Schließen und so weiter. Ich erfahre etwas über die verschiedenen Arten und die Oberfläche von Leder: vom Rindsleder bis zum Krokodilleder, rau, glatt, narbig oder gegerbt. Auch das Futter kann unterschiedlich in Farbe und Stoffbeschaffenheit sein. Und dann noch die Aufteilung des Innenraumes, verschließbare und offene Stauräume.

Für mich aber zählt im Moment nur die Preisangabe, das kleine Etikett, das aus der Tasche heraushängt. Über hundert Mark und noch mehr? Diese Preise sind horrend und übersteigen meine Ersparnisse bei weitem. Da kommt kaum eine Tasche in Frage. Ich nehme alle Taschen noch einmal prüfend in die Hand. Da! Sechzig D-Mark, dieser Preis erscheint gerade noch akzeptabel für meinen Geldbeutel.

Die Verkäuferin wartet.

»Na, welche darf's denn jetzt sein?«

Daraufhin nehme ich die Sechzig-D-Mark-Tasche noch einmal in die Hand, prüfe sie scheinbar gründlich, öffne sie noch einmal.

»Das lila Futter gefällt mir.«

»Ja«, meint die Verkäuferin, »das Futter gibt der Tasche eine besondere Note. Also, dann nehmen Sie diese für achtzig Mark?«

»Achtzig?«, stottere ich.

Die Verkäuferin schaut noch einmal nach. »Entschuldigung, ich meine natürlich sechzig. Also, sechzig Mark bitte.«

Ich zücke mein Portemonnaie und lege den passenden Betrag auf den Tresen.

»Soll ich Ihnen die Tasche einpacken oder wollen Sie sie so mitnehmen?«

Ich entscheide mich für die zweite Option. Die Verkäuferin nimmt das Füllmaterial aus Seidenpapier aus der Tasche und gibt mir die Handtasche in die Hand. Ich stecke die Geldbörse hinein und verlasse erleichtert den Laden.

»Viel Spaß damit!«, ruft die Verkäuferin mir noch nach, bevor ich die Tür zum Laden schließe.

Erleichtert nehme ich draußen auf einer Sitzbank Platz und schaue die schwarze Handtasche auf meinem Schoß an. Besonders fein oder flott sieht sie ja nicht aus, eher etwas bieder. Habe ich etwa einen Fehlkauf gemacht? Werden meine Freundinnen diese Tasche als »Omatasche« abstempeln?

Keine Ahnung! Letztlich ist mir das im Moment auch egal. Aber eines weiß ich sicher. Zu meiner Familie am Wochenende werde ich die neue Handtasche erst einmal nicht mitnehmen. Die Tante würde wegen des Preises sicher spitz bemerken: »Ich dachte, du wolltest jetzt endlich anfangen, für deine Aussteuer zu sparen.« Dieses Argument würde sie sich sicher nicht verkneifen können.

Meine schwarze Handtasche hat in den folgenden Jahren viel erlebt: Feierlichkeiten, Besuche bei Verwandten, Theaterbesuche und sogar einen Kurztrip nach Paris, bei dem ich sie in einem Restaurant vergessen hatte. Am folgenden Tag konnte ich sie dort unversehrt und nicht geplündert wieder abholen.

Sie wollte eben wieder zu mir zurück.

INS SCHLEUDERN KOMMEN

Fünfhundertachtzig D-Mark Grundgehalt pro Monat. Das ist doch schon etwas. Von Null auf fünfhundertachtzig Mark. Endlich eigenes Geld in den Händen haben. Ein unbekanntes Glücksgefühl.

Fixkosten: siebzig Mark für das Mittagessen. Das muss sein, so die fürsorgliche Meinung von Mutter. Einmal am Tag muss man sich etwas Warmes vorsetzen lassen, zumal die möblierte Zwei-zimmerwohnung keine Küche hat (natürlich auch keinen Kühl-schrank). Miete und Reinigung: fünfzig Mark. Fahrtkosten monatlich achtzig Mark. Das ist viel.

Und circa hundert Mark Lebensunterhaltskosten allgemeiner Art. Dann bleiben bei ganz sparsamer Lebensführung noch gera-de so ungefähr zweihundertachtzig Mark über.

»Warum kaufst du dir nicht ein gebrauchtes Auto?«, fragt mich ein Kollege eines Montagmorgens.

Darüber hatte ich noch überhaupt nicht nachgedacht.

»Weißt du eigentlich, wie viel ich verdiene und im Höchstfall sparen kann?«, entgegne ich ganz erstaunt.

Der Kollege geht lachend über diesen Einwand hinweg und meint: »Du kannst doch einen Kredit aufnehmen. Immerhin hast du ein festes Einkommen.«

Das ganze Ausmaß der Hilflosigkeit war wohl von meinem Ge-sicht abzulesen.

»Wir machen sofort Nägel mit Köpfen«, schlägt er vor. »Zuerst geht's zum Autohändler und dann zur Bank.«

Der Autohändler vor Ort ist schon informiert, als wir am folgenden Tag bei ihm auftauchen. Und er hat zufällig einen hellen VW Käfer dort stehen, den er mir für zweitausend Mark anbieten kann. Da er der Vater eines Schülers ist, den ich schon kenne, wird er das Auto auch polizeilich anmelden. Welch ein Service! In dieser Welt kenne ich mich nicht aus.

Angenommen, ich bekomme den Kredit nicht?, überlege ich krampfhaft, als ich vor der Tür des Bankdirektors warte. Natürlich geht auch die Abwicklung des Kredits glatt über die Bühne, zu welchem Zinssatz, das weiß ich nicht mehr.

Ich kann das Auto zum Wochenende abholen. Im Fahren bin ich allerdings noch nicht geübt. Die letzte Fahrstunde liegt eineinhalb Jahre zurück. Mein Freund und meine Schwester holen mich deshalb ab und an diesem Wochenende geht es dann darum, etwas mehr Fahrpraxis zu erhalten.

Montags starte ich allein in aller Frühe, um nicht in den Berufsverkehr zu kommen und treffe ziemlich erschöpft von der hohen Konzentration pünktlich bei der Schule ein. Das Kollegium lässt es sich nicht nehmen, während der großen Pause den Wagen von allen Seiten zu begutachten. »Begossen« werden soll er später.

Als ich am nächsten Wochenende wieder frohgemut nach Hause fahre, traue ich mich immerhin schon durchgängig außerhalb geschlossener Ortschaften achtzig zu fahren. In einer unübersichtlichen Kurve schalte ich runter, bemerke aber, dass der Wagen wegen der verschmutzten Fahrbahn ins Rutschen gerät. Vor Schreck lasse ich das Steuer einen Moment los. Das Auto machte eine halbe Drehung und landet in einem Wassergraben.

Ich bin zunächst ganz benommen. Mit mir ist alles in Ordnung. Ich schaue geradeaus. Gott sei Dank kein anderer Verkehrsteilnehmer zu sehen. Also auf der ganzen Linie Glück gehabt!

Ich atme dankbar auf und versuche langsam die linke Fahrertür zu öffnen. Sofort strömt Wasser herein. Das hat keinen Sinn. Tür zu! Ich versuche es an der Fahrerseite. Das scheint zu gehen. So schlüpfe ich mühsam hinaus und schaue mir die ganze Misere von allen Seiten an.

Oh je! Wie soll ich aus diesem Graben wieder herauskommen? Wo ist der nächste Hof? Vielleicht bekomme ich dort Hilfe.

Aber da steht schon eine ältere Frau neben mir.

»Na, Frollein, bisschen zu schnell gewesen?«

Ich kann nur nicken.

Nur nicht anfangen zu heulen, sage ich mir. *Haltung bewahren.*

Im Nu gesellen sich fünf Männer zu der älteren Frau und beratschlagen, ohne mich überhaupt zu beachten, wie sie das Auto aus dem Graben ziehen können.

»Nee, eine Anhängerkupplung hat der Wagen nicht! Da muss ein Trecker her! Aber so schwer ist so'n VW ja auch nicht. Wartet! Wir könnten's ja auch mal so probieren. Die Böschung ist ja ziemlich flach. Das woll'n wir doch mal sehen!«

Zwei Männer in Gummistiefeln stehen im Wassergraben, die anderen starken Männer helfen mit.

»Hau! Ruck! Hau! Ruck!«

Und - schwupps - steht das tropfende Auto auf der Straße, mit etwas Dreck und Gras an den Kotflügeln verziert. Ich atme tief durch und bin ganz erleichtert.

»Wem gehört denn eigentlich der Wagen?«, fragt der Wortführer, denn ich habe mich unter die Zuschauer gemischt. Jetzt muss ich mich ja outen - würde man heute sagen.

Der Wortführer schaut mich an.

»Na, da haben 'se aber noch mal Glück gehabt.«

Ich kann mir schon wieder ein kleines Lächeln abringen, öffne die Fahrertür, um aus der Handtasche einen Zehner als Trinkgeld zu fischen. Die Männer winken ab.

»Weiterfahren! Aber aufpassen!«, lautet die Aufforderung und die Männer verschwinden in der Hofeinfahrt. Die ältere Frau bleibt noch zurück.

»Warte, Frollein, so kannste doch nicht fahren! Das Auto steht ja noch voll von Wasser.«

Sie eilt ins Haus und kommt mit Kehrblech, einem Eimer und einigen Wischlappen zurück.

Gemeinsam schaufeln wir zunächst das stehende Wasser heraus, nachdem wir die Fußmatten entfernt haben. Dann versuchen wir die Restnässe mit den Feudeln, die wir mehrfach auswringen müssen, aufzunehmen. Nach einer halben Stunde ist auch das geschafft. Ich bedanke mich noch einmal ganz herzlich und nehme mir vor, auf der Rückfahrt der hilfsbereiten Frau einen Kasten Pralinen reinzureichen.

Wie das im Leben so ist: Wer den Schaden hat, braucht für den Spott nicht zu sorgen.

Das Kollegium bezeichnete diese Kurve später als »Maria-Gedächtniskurve«.

GEBURTSTAG FEIERN

»Geburtstag hat jede Kuh« - so ein derber Spruch nach dem Krieg auf dem Lande. Deshalb wurde auch eher der Namenstag, der an den Todestag des Namenspatrons erinnern soll, gefeiert. Bei meinem Namenstag im Landschulpraktikum ordnete der Schulleiter zum Beispiel wegen meines Namenstages einen Wandertag für die ganze Schule an. Ein Wandertag als Geschenk! Ich fühlte mich sehr geehrt.

In den ersten Wochen meiner Junglehrerinnentätigkeit verteilte ein Geburtstagskind in der Pause Bonbons auf den Tischen der Mitschüler.

Eine Kollegin, die den Vorgang wegen der offenen Klassentür bemerkt hatte, meinte: »Du, das Bonbonverteilen haben wir eigentlich abgeschafft. Was sollen denn auch die Kinder machen, die keine Bonbons einkaufen dürfen oder können? Die sind dann von vornherein wieder ausgeschlossen. Ein Lied singen, das muss genügen.«

Irgendwie war mir diese kleine Aufmerksamkeit für ein Geburtstagskind zu wenig Aufwand. Darum sprach ich nach der Pause - das Bonbon durften die Kinder trotzdem verspeisen - mit den Kindern darüber.

Vorne stand erwartungsvoll Norbert, das Geburtstagskind. Zunächst wurden ihm viele Fragen gestellt.

»Norbert, was hattest du dir gewünscht und was hast du schon am Morgen bekommen?«

Norbert war diese Frage sichtbar unangenehm. Er zog die Schultern hoch und schüttelte den Kopf. Ich vermutete, dass er noch nichts bekommen hatte.

»Hast du jemanden eingeladen? Wer kommt denn immer? Welchen Kuchen hat deine Mutter gebacken? Was ist dein Lieblingskuchen?«

All diese Fragen kamen von gut situierten Kindern, bei denen der Geburtstag anscheinend mit vielen wiederkehrenden Ritualen »richtig« gefeiert wurde. Norbert aber zuckte nur ganz verunsichert immer wieder mit den Achseln.

Ich beschloss sein Martyrium zu beenden. »Norbert, du darfst dir ein Lied wünschen.«

Norbert dachte nach, dann sagte er leise zu mir: »Hoch soll er leben.«

Wie kam Norbert gerade auf dieses Lied?

Nun, das war doch klar. Ich wusste zufällig, dass sein Vater gerade Schützenkönig gewesen war. Nach dem letzten Schuss, der den Adler zu Fall bringt, wird der angehende König immer auf den Schultern der Schützenbrüder ins Zelt getragen und dann wird dieses Lied geschmettert.

Das hatte Norbert anscheinend sehr imponiert. Alle Mitschüler kannten dieses Lied und dann machte Matthias einen richtig guten Vorschlag.

»Norbert kann doch auf deinem Stuhl Platz nehmen und dann heben wir ihn hoch.«

Ich stellte mir den Vorgang bildlich vor und hatte insgeheim doch einige Sicherheitsbedenken. Die Klasse aber jubelte. Norbert nahm im Lehrerstuhl mit den stützenden Armlehnen Platz. Er durfte sich fünf starke Mitschüler aussuchen, einer sollte sich schützend mit ausgestreckten Armen vor ihn stellen, damit er nicht aus dem Stuhl herauskippte.

»Hier, nimm mich!«, rief Hartmut und ließ seine Muskeln spielen.

Norbert schaute sich prüfend in der Klasse um. »Ja, dann nehme ich dich. Und dann noch Matthias und Hermann und« - er zögerte einen Moment - »dann nehme ich noch Lisa und Anna.« Die Jungen blickten total erstaunt, aber ich freute mich, dass Norbert an Selbstvertrauen gewonnen hatte und sich nicht von der Masse leiten ließ.

Jetzt endlich konnte das Lied mit Inbrunst geschmettert werden.

»Hoch soll er leben! Hoch soll er leben! Dreimal hoch! Er lebe hoch, er lebe hoch! Hoch! Hoch!«

Der Stuhl schwankte ein wenig. Schnell packte ich mit an und half, das Gleichgewicht zu halten.

»Er lebe hoch!«

Dann wurde der König des Tages heruntergelassen und etwas abrupt auf dem Fußboden abgesetzt.

Norbert freute sich über die sichere Landung und strahlte über das ganze Gesicht.

»Wie wäre es, wenn Norbert sich noch zwei Freunde aussuchen dürfte, die den ganzen Vormittag neben ihm sitzen?«, fragte ich.

Volle Zustimmung der Klasse.

Dann ging noch ein Finger hoch. »*Du* musst aber Norbert auch noch etwas schenken!«, meinte Ulrike.

Ich dachte nach. »Hausaufgabenfrei?« Diese Maßnahme müsste ich aber grundsätzlich mit der Fachlehrerin, die auch in dieser Klasse unterrichtete, absprechen.

»Hausaufgabenfrei, das hatten wir doch auch schon im ersten und zweiten Schuljahr«, bemerkte Theo gelangweilt.

»Hausaufgabenfrei für alle, für alle!«, forderte Walter, der oft irgendwelche Aufgaben vergaß.

»Ja, für alle!«, schrien die Schüler begeistert.

Spätestens jetzt merkte ich, dass die kleine Feier ihre Eigendynamik entwickelt hatte und ich die Klasse bremsen musste. Ich schwieg und wartete, bis alle sich wieder gesetzt und beruhigt hatten.

»So, jetzt überlegt einmal, ob ich das machen kann?«

»Wird wohl nicht gehen«, bemerkte Helmut, »dann hätten wir achtundfünfzig mal im Schuljahr hausaufgabenfrei.«

Pause. Noch ein Finger.

»Und was ist mit meinem Geburtstag? Der fällt immer in die Ferien!«, fragte Lisa nach.

»Den holen wir natürlich gerechterweise nach den Ferien nach. Gut, dann ist ja jetzt alles geklärt.«

Es wurde jetzt allmählich wirklich Zeit, die Zeremonie zu beenden. Mein Geschenk an Norbert lautete:

»Du kannst wählen, Norbert. Sollen wir in der letzten Viertelstunde der fünften Stunde ein Spiel spielen oder soll ich etwas vorlesen?«

Laut kamen sofort die Vorschläge aus der Klasse.

»Norbert, nimm ›ein Spiel spielen‹, ›ein Spiel spielen‹!«

Norbert dachte nach.

Ich ermunterte ihn. »Norbert, du musst nicht auf die Klasse hören, *du* allein kannst jetzt entscheiden. Du bist ja das Geburtstagskind.«

Da sagte der König des Tages, älter geworden und damit selbstbewusster und reifer mit fester Stimme: »Dann nehme ich ...«, er machte eine Pause, »dann nehme ich Vorlesen.«

Ich atmete auf.

Das passte ganz gut in mein Konzept. Mein aktuelles Vorlesebuch hatte ich immer dabei: die Geschichte vom kleinen Muck.

DER NEUE MATRIZENDRUCKER

W as für ein Gerät ist das denn? Na, das ist ein handbetriebener Spiritus- oder Blaudrucker, der bis Ende der Siebzigerjahre in Schule und anderen Institutionen weit verbreitet war, bevor er in den Neunzigerjahren vom Fotokopierer abgelöst wurde.

Dieses Gerät wurde 1964 in unserer Schule aufgestellt. Der Rektor präsentierte es stolz als absolutes Novum, erklärte die Beschriftung der Folien, das Einspannen und die Handhabung der Kurbel. Die Resonanz im Kollegium war recht unterschiedlich.

»Wozu brauchen wir diesen Drucker? Wollen wir den Schülern das Abschreiben von der Tafel ersparen? Reichen unsere Schülerbücher, besonders das Mathematikbuch und das Sprachbuch, nicht mehr aus zum Lernen? Dabei schaffen wir es doch in keinem Jahr, den gesamten angebotenen Stoff durchzunehmen?«

So die ersten Argumente des konservativen Flügels, der per se jede Neuerung spontan ablehnte. Aber es gab auch Befürworter.

»Manchmal braucht man doch mehr Übungsmaterial, als im Buch zur Verfügung steht! Da kann man sich selbst was ausdenken und dann drucken lassen.«

»Stimmt«!

»Bei Klassenarbeiten, zum Beispiel in Mathematik, vermeidet man das fehlerhafte Abschreiben von der Tafel. Rechenaufgaben sind ja kompliziert mit ihren vielen Zeichen. Da kommt beim Abschreiben leicht was durcheinander. Wenn alle Kinder aber denselben Matrizenausdruck vor sich haben, dann ist diese Fehlerquelle schon mal behoben.«

»Stimmt auch!«

»Für schwache Schüler kann man sich extra Aufgaben ausdenken und aufschreiben!«

»Stimmt!«

Ich persönlich wollte erst einmal abwarten, wie der Einsatz dieses neuen Gerätes anlaufen würde. Ich hatte nämlich gerade ein anderes Problem. Muttertag stand an. Was ich bisher in der Kunststunde als Ergebnis des Malens mit Buntstiften gesehen hatte, war nicht besonders eindrucksvoll gewesen und in Farbwahl und Blattaufteilung noch ausbaufähig. Das Malen mit Wasserfarben sollte erst nach den Sommerferien angegangen werden. Auf jeden Fall langten die bisherigen Zeichnungen nicht zum Anbringen an der Leiste im Flur und meiner Meinung nach erst recht nicht zum Verschenken (ich weiß aber natürlich, Mütter freuen sich über jedes geschenkte Krickelkrakel ...)

Muttertag und Blumen - das gehört ja wohl zusammen. Also entschloss ich mich, eine Wunderblume malen zu lassen. Damit die Ergebnisse auch ein Mutterherz erfreuen konnten, wollte ich die Umrisse der Blume vorgeben.

Ich hielt diese Maßnahme für diesen Zweck gerechtfertigt.

Und jetzt kommt der Matrizendrucker, der im Lehrerzimmer stand, ins Spiel. Ich traute mich nicht, die Abzüge am Vormittag zu machen. Die Kommentare konnte ich mir schon denken.

»Was soll das denn werden? Zeig doch mal her! Für diesen einen Umriss so viel Papier verwenden? Das ist doch die reinste Verschwendung! Du, das muss nicht sein.«

Also ging ich am Nachmittag zur Schule, um die Abzüge zu machen.

»Sechsundfünfzig, siebenundfünfzig, achtundfünfzig Abzüge ...«

Ich zählte laut mit. Man konnte ja nie wissen, was in der Kunststunde so alles passieren würde. Mindestens ein Kind würde bestimmt den Entwurf vermasseln. Als ich den Stapel gerade eingesackt hatte, stand plötzlich der Rektor im Lehrerzimmer.

»Ach, da ist doch jemand!«, meinte er ganz erstaunt. »Sie sind das! Ich meinte doch, ein Geräusch gehört zu haben.«

»Ich habe ein paar Abzüge für morgen gemacht«, teilte ich ihm kurz mit.

Er nickte anerkennend. »Und dafür sind Sie extra am Nachmittag wieder hergekommen? Diesen Einsatz muss ich loben. Dann noch einen schönen Abend!«

Ich atmete erleichtert auf, als er wieder verschwunden war. Das wäre peinlich für mich gewesen, wenn er so nebenbei gefragt hätte: »Was haben Sie denn Schönes abgezogen, zeigen Sie doch mal her!« Aber so ein Typ war er Gott sei Dank nicht. Er hatte sich bisher noch nie in meine Arbeit eingemischt.

Zu Hause begann ich selbst mit Wachsmalstiften und Buntstiften die Wunderblume auszugestalten: Blütenblätter, Muster in verschiedenen Farben und Formen. Das machte auch mir noch großen Spaß. Die Hilfslinien, das heißt die Umrandung, konnte man gut übermalen und so verschwinden lassen.

Am folgenden Tag wird zunächst die handwerkliche Seite der Ausschmückung an der großen Tafel mit Kreide erprobt: Blütenblätter in vielen geometrischen Formen, leuchtende Farben, die gut miteinander harmonieren. Nach dieser Vorübung machen sich die Kinder mit Feuereifer daran, der Wunderblume eine besondere Gestalt zu geben. Als ich durch die Reihen gehe, treffe ich auf Franz, der den Kopf in die Hände stützt und dem Weinen nahe ist. Ich beuge mich zu ihm hinunter und flüstere: »Was ist los, Franz?«

Zuerst will er sein Blatt nicht freigeben. Dann hebt er doch den Kopf und schluchzt: »Meins wird sowieso nichts!«

Was sehe ich? Lauter braune und schwarze Krickel. »Stellst du dir so eine Wunderblume vor, Franz?«

»Nee, tue ich nicht!«, erwidert er etwas bockig und dann zeigt er mir seine Buntstifte. »Guck mal, ich hab ja nur noch ganz kleine Stummel von Rot und Gelb. Damit kann man nichts mehr anfangen. Nur Schwarz und Braun sind noch zu gebrauchen.«

Da hat er recht. Sein Nachbar hat Mitleid mit ihm.

»Hier, du kannst meine Wachsmalstifte haben.«

Franz fasst etwas Mut, schiebt das misslungene Blatt weit von sich und schaut mich hilfesuchend an.

»Frollein, kannst du mir eine neue Wunderblume geben?«

»Du hast Glück, Franz. Warte, ich habe noch ein Reserveblatt auf meinem Pult.«

Franz war überglücklich, und so kam er doch noch zu einem vorzeigbaren Kunstwerk, zumal sein Nachbar ihm auch noch beim Ausmalen half und die Feinheiten ausbesserte.

STRENGER LEHRER SPIELEN

»Welches Spiel möchtet ihr heute spielen?«, frage ich, da ich die zehn Minuten frei gewordene Zeit am Ende eines Unterrichtstages auffüllen möchte.

Hans meldet sich. Hans ist der mit zehn Fehlern im Diktat.

»Ja, Hans?«

»Frollein R., dürfen wir ›strenger Lehrer‹ spielen? Das spielen wir ganz oft auch zu Hause.«

»Wie, ›strenger Lehrer‹? Das Spiel kenne ich nicht.«

Die Kinder lachen. Einige unterstützen Hans sofort, rufen in die Klasse.

»Oh, ja, strenger Lehrer, strenger Lehrer!«

Ich bin sehr erstaunt, aber auch neugierig. »Es scheint mir so, als ob viele von euch das Spiel kennen?«

Sie nicken und grinsen in Erwartung des Spieles.

»Na, gut, was braucht man dazu?«

»Gar nichts, ja höchstens den Zeigestock«, meint Hans.

»Einer muss den strengen Lehrer bestimmen?«, frage ich. »Aha, einer - also ich?«

»Nein, nein, du nicht!«

Vorsichtigerweise will ich doch noch mal nachfragen.

»Wer soll denn den strengen Lehrer spielen?«

Die Kinder sind sich sofort einig. Ich vermute, dass sie eines der drei Lehrerkinder auswählen werden. *Lehrerkinder?* Ob sie diese Rolle übernehmen, spielen wollen? Franz, Klaus oder Lisa?

Die Klasse ist da anderer Meinung.

»Hans! Hans! Hans soll den strengen Lehrer spielen! Aber Frollein, du musst auch mitspielen.«

»Ich? Ach, nein. Ich muss doch das Spiel erst mal kennen lernen.«

Mir schwant Böses. Ich habe zwar leise Bedenken, weil ich mich so aus der Affäre ziehe. Für die Klasse scheint diese Ausrede jedoch akzeptabel zu sein.

Hans geht nach vorne, nimmt sich den Zeigestock von der Tafelrinne und begibt sich auf den Flur. Sobald er draußen ist, beginnt ein lautes Spektakel im Klassenraum. Jungen und Mädchen stehen auf, balgen sich und schreien wild durcheinander.

Das kann ja heiter werden, denke ich, als ich hinten auf der Fensterbank Platz genommen habe. *Hoffentlich ist gerade sonst niemand auf dem Flur.*

Hans tritt ein, schlägt mit dem Zeigestock auf die erste Bank und schreit: »Was ist denn hier los? Was habe ich euch gesagt? Ihr sollt leise sein!«

Die Kinder grinsen, sind aber still.

»Aufstehen! Stehen bleiben - du auch Klaus!«

Die Kinder stehen gerade, geradezu stramm wie Soldaten und ich habe sogar den Eindruck, dass ihnen die Parole gefällt.

»Stramm stehen‹, habe ich gesagt, ›Klaus‹, habe ich gesagt, oder hast du Bohnen in den Ohren?«

Ich erinnere mich an meine Grundschulzeit. Das hat unser Rektor auch oft gefragt, wenn wir eine Frage gestellt haben, weil wir etwas nicht verstanden hatten.

Klaus reagiert ganz dreist. »Ich habe keine Bohnen in den Ohren, die Bohnen wachsen im Garten.«

Der strenge Lehrer ist außer sich. Er schlägt noch einmal auf eine Bank vor ihm und befiehlt: »Klaus, du kommst sofort nach vorne!«

Klaus macht sich lässig auf den Weg zur Tafel und bleibt grinsend vor Hans stehen.

»Hör auf zu grinsen oder soll ich dir mal die Ohren lang ziehen?«

Klaus grinst weiter.

»So geht das nicht. Klaus, ab in die Ecke!«

Klaus begibt sich scheinbar schluchzend in eine Ecke. Die Kinder lachen etwas schadenfroh, weil der Lehrersohn, der sonst fast alles richtig macht, gedemütigt wird.

»Hinsetzen!«, brüllt der strenge Lehrer jetzt. »Jetzt wollen wir mal sehen, ob ihr das Einmaleins könnt. - Lisa, wie viel ist sechs mal sechs?«

Lisa antwortet zögerlich. »Fünfunddreißig?«

»Fünfunddreißig, fünfunddreißig!«, schreit der strenge Lehrer. »Sag mal, was ist dein Vater von Beruf, Lisa?«

Lisa antwortet leise und scheinbar verängstigt. »Der ist Lehrer.«

»Lehrer?«, meint Hans verzweifelt und rauft sich die Haare. »Lehrer, und dann so eine dumme Tochter! Der tut mir leid!« Und dann fügt er noch hinzu: »Setz dich, Lisa. Doof bleibt doof, da helfen keine Apothekerpillen.«

Die Klasse klatscht Beifall.

Der strenge Lehrer streckt sich, wirft sich in die Brust und meint: »Da frage ich doch einmal alle: *Wie viel ist sechs mal sechs, sechs mal sechs?*«

Wie auf Kommando stehen alle auf, Lisa natürlich auch, Klaus kommt aus seiner Ecke. Alle schreien um die Wette.

»Sechs mal sechs ist sechsunddreißig, ist der Lehrer noch so fleißig, sind die Kinder noch so dumm, fällt die ganze Schule um.«

Und prompt werfen sich alle auf den Fußboden. Mir bleibt die Spucke weg. Wann haben sie dieses kleine Theater eingeübt, nachmittags oder in der Pause? Jetzt ist es an mir, Beifall zu klatschen.

»Bravo, Klasse drei!«

Bevor das Ganze eskaliert, breche ich aber das Spiel lieber ab. »So bis hier. Das genügt, ich weiß jetzt, wie das Spiel geht.«

»Oh, schade ...«, brummelt die Klasse.

Ich schaue Klaus und Hans an, die sich anlachen. Jetzt hätte ich doch gern gewusst, wie das Spiel weitergegangen wäre.

BITTE STEHEN LASSEN!

Eine klassische Tafel hatte eine breite Innenfläche, je nach Schuljahr mit mehr oder weniger Hilfslinien versehen. Man konnte sie kippen, das heißt umdrehen. Dann kam die Seite mit den Rechenkästchen zum Vorschein. Die Seitenflügel eigneten sich für kleine Aufzeichnungen und konnten natürlich auch beidseitig beschrieben werden. Klappte man die Seitenflügel nach innen oder nach außen, konnte man noch einen Überraschungseffekt erzielen. Ein gelungenes Tafelbild war immer ein wichtiges Kriterium bei der Beurteilung einer Unterrichtsstunde. Die Tafel sollte am Morgen immer sauber geputzt und nicht verschmiert sein.

Der Tafelputzdienst war bei den Kindern heiß begehrt. Dann durfte man in der Pause - vor oder nach dem Unterricht - in der Klasse bleiben. Den Lappen konnte man draußen ausschlagen, den Schwamm am Waschbecken auswaschen, sofern so etwas überhaupt vorhanden war.

Als Junglehrerin musste ich einen Tafeltext schon vor dem Unterricht oder in den Pausen anfertigen, sonst hätte ich die Klasse nicht im Griff gehabt. Sollte der Text am nächsten Tag noch einmal wieder verwendet werden, erhielt er den Zusatz »Bitte stehen lassen!« - damit auch der Fachlehrer informiert war.

Soweit die Vorinformationen aus dem letzten Jahrhundert. Und hier die Geschichte.

Im Sachunterricht hatten wir das Thema »Der Weg der Milch« behandelt. Ein Lückentext an der Tafel sollte den Vorgang festigen. Wir hatten folgende Wörter erarbeitet: Melken, Melkmaschine, Euter, Eimer, Sieb, Milchkannen, Milchwagen, Molkerei, Käse, Butter - alle Wörter waren von verschiedenen Schülern untereinander am rechten Tafelflügel aufgeschrieben worden - weitgehend leserlich, manche Wörter etwas verschmiert, weil die Rechtschreibung mehrfach korrigiert werden musste. Darunter war mit roter Kreide »Bitte stehen lassen« vermerkt.

An dem besagten Tag hatten die Tafelputzer also nicht viel zu tun, verweilten aber relativ lange in der Klasse. Ich dachte mir nichts dabei.

Am nächsten Tag waren die Kinder in der ersten Stunde sehr unruhig. Eine Tafelanschrift erfolgte nicht. Als in der zweiten Stunde die Tafel geöffnet hatte, brach die Klasse in schallendes Gelächter aus. Die Tafelputzer versuchten schnell mit dem Finger auf dem Mund und einem »Psst!« das Ganze einzudämmen, was ihnen auch teilweise gelang.

»Wer will denn versuchen, den Text noch einmal vorzulesen und die richtigen Lückenwörter einzusetzen?«, fragte ich.

Michael, einer der besten Schüler, traute sich.

Die ersten Sätze kamen ihm flüssig über die Lippen, wurden aber von einem unterdrückten Kichern begleitet. Ich ahnte nichts Böses, denn ich hatte mich auf den Text in der Mitte der Tafel konzentriert. Jetzt musste der Satz folgen »Größere Bauern haben eine Melkmaschine, die das Melken erheblich erleichtert und viel Zeit einspart.«

»Größere Bauern haben ...«

Nach dem Wort »haben« stockte Michael grinsend. Ich blickte zur Seitentafel. Und da ging mir endlich ein Licht auf. Das Lückenwort Melkmaschine war durch das Wort »Kloopapir« ersetzt worden, das Wort Milchwagen durch das Wort »Klohdekel«.

Diese kleinen Lümmel! Sie wollten wohl mit dieser Provokation austesten, wie weit sie gehen durften. Wie konnte ich nur aus dieser Situation herauskommen?

Ich dachte nach.

Ein großes Trara wollte ich nicht veranstalten. Aber Lehrerin bleibt Lehrerin, Ordnung muss sein. Ich bemerkte schmunzelnd: »Oh, an der Tafel stehen ja zwei neue Wörter, das ist ja sehr interessant!«

Alle lachten.

»Aber irgendwie gefallen sie mir nicht. Warum wohl nicht?«

Schweigen. Niemand meldete sich.

»Na, warum wohl nicht?«

Alle schauten auf die beiden Tafelputzer, die den Kopf gesenkt hatten. Sie warteten wohl auf ein Donnerwetter. Ich zeigte auf die beiden ausgewechselten Wörter und wandte mich an die Tafelputzer.

»Schaut mal her, Heinz und Clemens. Wenn ihr schon unseren gemeinsamen Text verschönern wollt, dann müsst ihr aber auch wenigstens die Wörter richtig schreiben.«

Die beiden Wörter wurden korrigiert, blieben aber an der Tafel stehen. Danach konnte der Klopapier und Klodeckel-Text von allen zusammen noch einmal laut mit Vergnügen vorgelesen werden - und ich ging zur Tagesordnung über, war aber in den kommenden Wochen sehr auf der Hut, damit die Fäkalwörter, die mit Sch oder A oder K beginnen, keinen Einzug in meinen Unterricht hielten.

»Wehret den Anfängen!«

BITTE UND DANKE SAGEN

Wer kann schon Kritik einfach so wegstecken? Egal, ob gut gemeint oder bewusst verletzend. Heute spricht man gerne von konstruktiver und destruktiver Kritik. Aber Kritik bleibt Kritik, meistens etwas negativ besetzt. Das ist dasselbe Phänomen wie bei Ratschlägen, die oft auch »Schläge« sind.

Ausgangspunkt dieser Thematik war eine Vorführstunde für das Seminar der Junglehrer, das einmal im Monat immer an unterschiedlichen Schulen stattfand. Meine Vorführstunde, die gleich im Anschluss von den anderen Junglehrern bewertet werden sollte, war eine Sachunterrichtsstunde über den Löwenzahn. Achtundfünfzig Kinder aus dem dritten Schuljahr nahmen teil. Nachdem ich die Stunde hinter mich gebracht hatte, war ich ganz erleichtert und mit meiner Leistung zufrieden. Ich war mit der Zeit ausgekommen, und die Lernziele wurden erreicht.

Gleich zu Beginn der Nachbesprechung bemerkte ein Kollege aus der Junglehrergruppe:

»Also, von Höflichkeit hast du wohl noch nicht viel gehört?«

Ich war wie vor den Kopf gestoßen. »Wie bitte?«

»Nun ja, du hast sechzehnmal die Worte ›Bitte‹ oder ›Danke‹ vergessen, ich hab mitgezählt.«

Ich fragte ganz konsterniert sofort zurück. »Kannst du mir ein Beispiel sagen?«

»Kann ich. Statt ›Komm doch mal nach vorne‹ hättest du sagen müssen: ›Komm doch *bitte* mal nach vorne‹.«

Stille.

Niemand äußerte sich. Jeder reflektierte wohl gerade seinen eigenen Unterricht, was die Verwendung dieser Höflichkeitsformeln anging. Die Seminarleiterin gab das Problem zur Diskussion frei. Einige Kollegen hielten das »Bitte« bei jeder Aktion für notwendig, andere meinten, dass zu einem guten Unterricht der freundliche, den Schülern zugewandte Umgangston grundsätzlich den einzelnen Aktionen angepasst werden müsste, ohne jedes Mal bitte oder danke zu sagen.

Ich dachte nach. War ich unfreundlich zu den Kindern gewesen? Bestimmt nicht. War die Atmosphäre für die Schüler angespannt gewesen? Das stimmte schon in gewisser Weise, schließlich fühlten sie sich wegen der Anwesenheit von fünfzehn Lehrern auch geprüft. Ich hatte sie aber immer wieder freundlich ermuntert, sich zu beteiligen, allerdings ohne viel Bitte und Danke. Da diese Diskussion bei der Nachbesprechung einen breiten Raum einnahm, fiel die eigentliche Bewertung der Unterrichtsstunde sehr knapp aus.

»War so in Ordnung. Hat ja alles gepasst«, lautete die kurze Zusammenfassung.

Ich war enttäuscht. Die akribische Unterrichtsvorbereitung mit allem Drum und Dran war an fehlenden sechzehnmal Bitte und Danke gescheitert.

In der folgenden Zeit überlegte ich immer genau, wann Bitte und Danke wohl angebracht wären. Bitte kam häufiger zum Tragen als Danke:

Hans, kannst du bitte mal aufstehen. Weil Hans die ganze Reihe störte. »Danke« ging dann aber nicht. Mit dem »Bitte« wusste Hans schon ganz genau, woher der Wind wehte. Das genügte. *Danke, dass du heute so gut mitgemacht hast?* Oder doch: *Schön, dass du so gut mitgemacht hast* (ohne Danke). Was für eine Wortklauberei!

Der Ton macht die Musik. Auf die Zuwendung zum Einzelnen kommt es an.

Nachdem ich die Kritik an meiner Unterrichtstunde endlich verarbeitet hatte, beschloss ich, auch bei meinen Schülern noch mehr auf Höflichkeit untereinander zu achten und im zweiten Schritt sie zu etwas mehr sachbezogener Kritikfähigkeit zu erziehen.

In der Kunststunde war Gelegenheit dazu. Das Thema lautete: Male eine Szene aus dem Märchen »Die goldene Gans«. Jeder konnte zum Gestalten eine beliebige Szene auswählen. Zum Schluss der Stunde durften alle Kinder, die sich trauten, ihr Bild der Klasse vorstellen. Es standen also vier Mädchen und drei Jungen vorne, bereit ihre Kunstwerke der ganzen Klasse zu präsentieren, aber auch eventuell einige Verbesserungsvorschläge anzunehmen. Die meisten Kinder hatten die Szene gemalt, in der Hans mit der goldenen Gans vor dem Schloss steht, im Schlepptau die festgeklebten Personen: die drei Töchter des Gastwirtes, der Pfarrer und der Küster und noch zwei Bauern - so die Kette der aneinander klebenden Personen.

Heinz meldete sich zuerst.

»Ich finde alle Bilder gut.«

»Toll«, sagte ich. »Zuerst immer etwa Positives sagen, das haben wir ja abgemacht.«

Beate bemerkte: »Ich finde die Gans von Christof gut, die leuchtet so schön! Aber der Pastor ist zu dick.«

»Wieso, ist unser Pastor doch auch!«, konterte Christof.

Lisa hatte die lachende Prinzessin aufs Papier gebracht. Helga meldete sich dazu als erste.

»Ich finde Lisas Prinzessin toll, besonders das Kleid.«

»Aber man sieht nicht, dass sie laut lacht«, meinte Heinz.

Lisa wehrte sich. »Aber wie soll man das malen?«

Darauf Helga: »Du kannst doch den Lachmund etwas breiter machen.«

So weit das Unterrichtsgeschehen.

Im Laufe der Zeit wurde das Präsentieren der Kunstwerke zu einem festen Ritual, so dass sich die meisten Kinder trauten, sich dem Urteil der Klasse zu stellen, was sich natürlich positiv auf Beiträge vor der Klasse in anderen Fächern auswirkte.

Neunjährige Kinder haben schon ein ausgeprägtes Gerechtigskeitsbewusstein. So brauchte ich immer weniger einzuschreiten.

Ein wichtiger Hinweis war bei mir aber aus der Kunststunde mit dem Märchen »Die goldene Gans« hängen geblieben, eine Äußerung, die ich mir gemerkt hatte:

»Mach den Lachmund doch etwas breiter.«

Mehr lachen! Mit den Kindern lachen, etwas gelassener sein und über kleinliche Kritik lächeln.

DO YOU SPEAK ENGLISH?

Heute lernt jedes Kind in der Grundschule Englisch, mindestens ab dem dritten Schuljahr. Die vielen Anglizismen im Alltag, besonders in der Werbung, machen unter anderem Basiskenntnisse notwendig. Das war nicht immer so.

In den 60er Jahren wurde Englisch an den Hochschulen als Studienfach in der Lehrerausbildung angeboten. In Niedersachsen wurde es dann ab dem Schuljahr 64/65 in den Stundenkanon integriert, allerdings auf freiwilliger Basis der jeweiligen Schule.

Als der Rektor mir anbot, im neunten Schuljahr Englisch zu unterrichten, hatte ich gleich zugesagt, weil ich an der Hochschule die entsprechende Befähigung erworben hatte. Das Projekt hatte allerdings einen Pferdefuß. Der Stundenplan der Abschlussklasse war voll mit den Pflichtstunden ausgefüllt und die Alternative bestand darin, zweimal in der Woche eine Stunde dem Unterricht vorzuschalten. Das heißt, der Unterricht begann schon um 7.15 Uhr statt erst um 8.00 Uhr.

Meine Wochenstundenzahl erhöhte sich dadurch auf zweiunddreißig und an den Englischtagen musste ich schon um sechs Uhr aus den Federn kommen.

Das Angebot fand bei Schülern und Eltern eine gute Resonanz.

Mit dem Unterricht begann ich nach den Herbstferien. Ein Lehrbuch gab es noch nicht. Ich war auf mein eigenes Konzept aus der Ausbildung an der Hochschule angewiesen. Gut vorbereitet startete ich in aller Frühe. Für die zwölf teilnehmenden Kinder hatte ich Schreib- und Vokabelhefte besorgt. Nach der Begrüßung auf Englisch und der Wiederholung von »Good morning,

Miss R.« folgte die Anweisung zum Setzen. Mein Prinzip war das Lernen durch Hörverstehen. Die Schüler und Schülerinnen waren im ersten Moment etwas geschockt - oder eher gehemmt. Anscheinend hatten sie sich den Unterricht anders vorgestellt: Vokabeln lernen, immer alles sofort übersetzen, damit man genau weiß, was ein neues Wort bedeutet.

Mein Prinzip war aber learning bei doing, unterstützt durch Mimik und Gestik:

»Go to the door. Good. Open the door! Very good! Shut the door. Come to me. Go to the blackboard. Take the chalk! Write this number ...«

Oh ja, das machte mir, aber besonders den Kindern Spaß und musste zigmal wiederholt werden, bis alle Schüler drangewesen waren. Die Kenntnis der Ziffern bis zehn konnte ich bei den meisten voraussetzen, es fehlte nur die richtige Aussprache. Dann kam das Schriftbild dazu, verbunden mit der Erkenntnis: Aussprache und Schriftbild sind nicht deckungsgleich. Die Schüler machten begeistert mit, ließen sich auch korrigieren und forderten mich förmlich heraus, immer neue Zusammenhänge anzubieten. Diese Begeisterung hatte ich bei den anderen Stunden, die ich in der Oberstufe unterrichten musste, noch nie erlebt. Das machte wohl das freiwillige Lernen aus.

Zum Schluss der Stunde hatten alle Schüler die Zahlen von eins bis zwölf im Heft notiert. Schwarz auf weiß konnten sie ihren Erfolg nach Hause tragen und weitergeben.

Nach dem Unterricht fragte ich einen Schüler: »Na, wie hat dir die erste Stunde gefallen? Was wirst du denn den anderen gleich über den Englischunterricht berichten?«

Franz dachte einen Moment nach, schaute mich dankbar an und meinte: »Ich werde Gerd erzählen, dass du die ganze Zeit mit uns Englisch gesprochen hast und ich fast alles verstanden habe. Aber ich glaube, dass wird er mir nicht abnehmen.«

CANDY GIRL

Nach einigen Englischstunden überraschten mich die Schüler mit einem amerikanischen Hit, gesungen von den Archies.

»Frollein, heute müssen Sie uns aber alles mal ins Deutsche übersetzen!«

»Warum?«, fragte ich ganz erstaunt.

»Kennen Sie den Schlager: ›*Sugar, sugar, honey, honey, you are my candy girl ...*‹?«

Ich kannte den Song, zum Glück.

»Können Sie uns den Text mal ganz wörtlich übersetzen?«

»Okay, machen wir das doch zusammen. Also ›sugar‹ und ›honey‹ - Zucker und Honig, das ist sicher einigen von euch bekannt.«

Die beiden Wörter werden durch die Tafelanschrift gesichert und ins Vokabelheft eingetragen.

»Aber was ist ein ›candy girl‹?«, will Antonius unbedingt sofort wissen. Antonius ist hochgewachsen und schlank, hat dunkles lockiges Haar, braune Augen und ist der unumstrittene Schwarm aller Mädchen der Schule. Er kann sehr charmant sein, manchmal aber auch etwas ruppig, wie das eben so in der Pubertät ist.

Alle Spielarten der Kommunikation werden ausprobiert. Deshalb frage ich etwas provokativ. »Du meinst wohl: Wie oder wer ist ein ›candy girl‹?«

Auf diese Anspielung geht der »Frauenheld« nicht ein.

»Also, wie wird ›candy‹ übersetzt?«, fragt er nach.

Ich setze zur weiteren Erklärung an: »Ihr kennt doch alle den Kandiszucker, den man zum Süßen in den Tee gibt?«

»Klar«, lautet die einstimmige Antwort.

»Also das Wort ›candy‹ kann sowohl ein Hauptwort als auch ein Wiewort sein. Es kann in der Einzahl oder Mehrzahl eingesetzt werden.«

»Ich verstehe nur Bahnhof«, meint Walter schon völlig genervt. »Wie muss man es denn in dem Schlager übersetzen?«

Ich versuche einen neuen Anlauf. »Ihr habt ja schon im Laufe des Unterrichts gemerkt, dass die deutsche Übersetzung nicht wortgetreu inhaltlich das wiedergibt, was das englische Wort besagt. Das englische Wort ›light‹ zum Beispiel, kann ›hell‹ aber auch ›klein‹ oder ›ein wenig‹ bedeuten, je nachdem, in welchem Zusammenhang es steht. ›Candy‹ kann also Süßigkeiten meinen - also mehrere, aber auch ein einzelnes Bonbon sein.«

»O.K., aber *candy girk*?«, fragt Walter wieder nach.

»›Candy girl‹ ist demnach wörtlich gemeint - ein mit Süßigkeiten überzogenes Mädchen, sozusagen zuckersüß, zum Anbeißen!«

Die Mädchen schauen verlegen zum Fenster, Antonius ist rot geworden.

»Ein echt kitschiges Lied!«, meint Lisa. Die anderen Mädchen nicken zustimmend. Auch die Jungen wollen dieses heikle Thema wohl nicht noch vertiefen. Aber den Schluss des Refrains möchten sie dann doch noch übersetzt haben, da sind sie ganz konsequent. Ich denke nach. Wie ging noch der letzte Vers? ... *and you got me wanting you*.

»Soll ich das übersetzen?«

»Ja«, meint Antonius, »aber bitte nicht wieder alles so kompliziert machen - so wie eben.«

Ich muss schmunzeln, kann mir aber nicht verkneifen zu bemerken: »Ja, wenn das so einfach wäre. Bei Beziehungen zwischen Mädchen und Jungen ist das immer eine Frage der Auslegung. Also - ›and you got me wanting you‹, das soll ich übersetzen?« Ich hole tief Luft und setze neu an. »Ich will den Satz einmal so übersetzen, wie ich ihn verstehe: ›And you got me wanting you‹ - und du hast es geschafft, dass ich dich haben möchte, dass ich dich mag.«

Lisa meint kopfschüttelnd: »Sehr umständlich formuliert. Wie wär's denn schlicht und einfach mit der Erkärung: I love you?«

Damit war doch alles gesagt.

EINE ANSTECKENDE KRANKHEIT

Schulhöfe sind heutzutage oft schöne Spieloasen, die vielen Kindern auf engem Raum die Gelegenheit bieten, sich in den Pausen auszutoben und zu erholen. Je nach Größe und Übersichtlichkeit des Platzes sind mehrere Lehrpersonen zur Aufsicht eingeteilt.

Als Praktikantin an einer größeren Schule hatte ich diese Pflichten schon kennengelernt. An meiner neuen Schule aber gab es keine Aufsicht.

»Vom Lehrerzimmerfester aus hat man doch den ganzen Hof im Blick? Warum dann noch extra jemanden bei Kälte oder Hitze rausschicken?«

So lautete die Antwort auf meine Frage, wann ich Aufsicht machen sollte. Ich war etwas erstaunt, aber mir sollte das Recht sein, da ich ja nicht die Verantwortung tragen musste und in den Pausen obendrein oft mit der Vor- oder Nachbereitung meines Unterrichts beschäftigt war.

Wie verhielten sich die Kinder denn dann in den Pausen, fragt man sich da natürlich. Irgendwie mussten sie ja den aufgestauten Druck ausgleichen und ein Ventil finden. Rennen, laufen, einander jagen und schubsen oder fangen, das waren die Haupttätigkeiten der Jungen. Einmal hatte ein Lehrer einen Fußball gekauft, der allerdings nur ein kurzes Leben hatte.

Die Mädchen hielten sich meistens auf dem gepflasterten Hof vor den Fenstern auf. Manchmal vergnügten sie sich mit »Hinke-Pinke« oder Kreisspielen, wenn die Jungen sie in Ruhe ließen. Soweit die sportlichen Betätigungen in den Pausen.

Und was ist mit den eigentlichen Sportstunden? Heute steht Sport für Klasse sieben und acht auch für mich auf dem Plan. Gott sei Dank regnet es nicht. Jungen und Mädchen haben getrennt Unterricht. Zum Sport umziehen? Wo und warum überhaupt?

Die Jungen schleppen zwei Holzständer aus einem Klassenzimmer. Was wird das werden? Ich überlege. Dann wird eine Schnur gespannt. Volleyball? Nein, eher Ball über die Schnur.

Und was mache ich mit den Mädchen? Am Morgen hat man mir mitgeteilt, dass die Handarbeitslehrerin, die auch Sport in der Oberstufe erteilt, erkrankt ist, und ich sie vertreten soll. Da ich im dritten Schuljahr eine Klassenarbeit geschrieben habe, habe ich nicht einmal Zeit für die Pause und keine Chance, nachzufragen, was ich mit den Großen machen könnte. Immerhin habe ich aber wenigstens meine Turnschuhe dabei.

Fünfzehn lustlose Mädchen schauen mich an. Ich kenne Gott sei Dank ihre Namen aus dem Kunstunterricht.

»Ina, Helga, Marianne und all die anderen - verteilt euch einmal auf dem Rasen, dann fangen wir mit der Gymnastik an!«, bestimme ich ganz forsch.

Niemand rührt sich.

Ich wiederhole meine Aufforderung. Wieder keine Reaktion. Was soll ich bloß machen? Ich bin nicht in der Lage, vernünftig nachzudenken. Den Kollegen in der anderen Hälfte des Schulhofes um Hilfe bitten? Geht gar nicht! Dann bin ich auch bei den Jungen, die ich schließlich auch in Kunst unterrichte, unten durch.

Schließlich meint Lisa, ein relativ kleines Mädchen: »Frollein, ich kann heute wirklich nicht mitmachen, ich bin ...« - Sie stockt und sucht nach einem Wort - »... also ich bin ... ich bin unpässlich - oder wie man das so nennt.«

Alle lachen und schauen Lisa an.

Das hat mir gerade noch gefehlt. Meine Lage wird zunehmend schwieriger. Ich schaue die flachbrüstige Lisa an. Ganz schön mutig - oder frech? Jetzt fällt auch noch fünf anderen Mädchen ein, dass sie »unpässlich« sind. Nichts zu machen! Allmählich muss aber irgendwie Bewegung in die Truppe kommen, sonst bin ich völlig verloren. Die Sonne scheint und am Nachmittag möchte ich eine Kollegin im Saterland besuchen. Ärgern will ich mich heute nicht. Darum greife ich zu einer Notmaßnahme.

»Wenn die meisten von euch unpässlich sind, müssen wir wohl in die Klasse zurück«, überlege ich laut.

»Nein, nein, auf keinen Fall! Bloß nicht schreiben oder sowas!«, lautet die Antwort.

Ich nehme kurzentschlossen die Mädchen in den Blick. »Wenn die meisten heute nicht so gut drauf sind, tut mir das sehr leid. Eine Frage: Könntet ihr euch denn trotzdem noch zu einem Unterrichtsgang aufraffen?«

Lässige Zustimmung! Die Truppe bewegt sich. Für heute bin ich gerettet.

ELVIRA, WAS NUN?

Kunstunterricht in der Oberstufe. Ein Maienbild in Grüntönen muss zu Ende gebracht werden. Muss? Ja, es muss. Gerade die Jungen lassen sich ungern überhaupt auf das Experimentieren mit Wasserfarben ein.

Der Klassenlehrer hat mich gebeten, immer zu Beginn der Doppelstunde die Anwesenheit der Schüler und Schülerinnen zu kontrollieren, damit man sicher sein kann, dass niemand die Randstunden schwänzt und der Schule den Rücken kehrt. Bei dem Verlesen der Namen fehlt eine Schülerin: Elvira.

Getuschel.

Ich frage gezielt nach. »Ist Elvira krank?«

Stille.

»Könnte man so sagen ... nein, eigentlich nicht«, antwortet einer der Jungen und ein Großteil der Schüler grinst dazu. Ich frage nicht weiter nach, denn ich kann überhaupt nicht abschätzen, welche schlauen Bemerkungen diese Pubertierenden mir noch anbieten werden.

Heinz hat wie immer keine Malsachen dabei. Ich muss ihn wieder darüber aufklären, dass seine Leistungen, wenn das so weitergeht, mit Ungenügend bewertet werden müssen.

Das tut mir irgendwie leid, aber was soll ich schon machen? Einen Versuch will ich aber heute noch starten. Vielleicht ist er ja in der Lage, irgendeine Bleistiftzeichnung aufs Papier zu bringen, denn gerade stört er auch wieder sehr, weil er sich über zwei Bankreihen hinweg mit einem Freund unterhält.

Ich begebe mich zwischen die Reihen. Der Redefluss verstummt.

»Na, was gibt's? Interessante Neuigkeiten?«, versuche ich es in einem lockeren Ton.

Heinz schweigt einen Moment, dann brummelt er sich etwas in den Bart.

»Was meinst du, Heinz?«

Er schweigt weiter und scheint zu überlegen, ob er mir eine Antwort geben soll. Schließlich sagt er geradeheraus: »Das ist nichts für kleine Mädchen.«

Aber Hallo!, denke ich. Er ist vierzehn und ich bin zweiundzwanzig - und seine Lehrerin! Ob dieser Dreistigkeit schweigt sogar sein Umfeld, wahrscheinlich alles seine Anhänger.

Ich bin im Moment so schockiert, dass ich mich schnell auf den Weg zum Pult zurückbegebe und nach Fassung ringe. Auf dem Rückweg überlege ich krampfhaft, wie ich aus dieser Situation rauskommen kann.

»Heinz, du kannst jetzt wählen: aus dem Lesebuch abschreiben oder eine junge Birke mit Buntstift oder Bleistift zeichnen.«

Lässig packt Heinz sein Lesebuch aus und meint gelangweilt: »Welche Seite?«

Von da an herrscht Ruhe.

Am nächsten Morgen verkündet der Rektor, dass Elviras Mutter ihn aufgesucht hat. Elvira ist im siebten Monat schwanger und wird die Schule vorerst nicht mehr besuchen. Ich falle aus allen Wolken. Anscheinend haben die Kollegen und die Mitschüler von der Schwangerschaft gewusst, jeder hat es gewusst, nur ich nicht.

Elvira entbindet einen gesunden Jungen. Meine Gedanken sind oft bei ihr. Wer ist der Vater? Wie haben die Eltern diesen Einschnitt aufgenommen? Wie wird Elviras Lebensweg weitergehen?

Von den Kollegen erfahre ich darüber nichts. Wissen sie nichts? Spricht man nicht darüber? Hilft ihr jemand? Braucht die Familie Hilfe? Als Fräulein Z., die beim Rest des Kollegiums als Lehrerin wenig Wertschätzung genießt, mich bittet, mit ihr Elvira einen Besuch abzustatten, willige ich sofort ein.

Fräulein Z. hat einen Strampelanzug besorgt und ich ein Badetuch. Das gibt mein begrenztes Budget noch her. Hat sie uns angemeldet? Ich glaube nicht, auf jeden Fall weiß sie, wo Elviras Eltern wohnen.

Als die Haustür geöffnet wird, erscheint Elviras Mutter, die im ersten Moment etwas verblüfft wirkt. Natürlich kennt sie uns. In diesem Dorf kennt jeder jeden. Ihr Blick fällt auf die Geschenke in unseren Händen und sie bittet uns etwas zögerlich herein. Wir nehmen im Wohnzimmer Platz, aber ich empfinde die Situation als sehr angespannt. Die Mutter verschwindet. Wir warten schweigend. Ich muss eine Frage loswerden.

»Glauben Sie, Fräulein Z., dass Elviras Mutter vielleicht meint, wir sind einfach nur neugierig?«

Fräulein Z. schüttelt abwehrend den Kopf, obwohl sie das ganze Wohnzimmer schon mit den Augen genau unter die Lupe genommen hat. Ich habe auch schon einen ersten Eindruck gewonnen. Alles ist aufgeräumt, in der Ecke steht ein Stubenwagen mit einem himmelblauen Vorhang.

Schließlich kommt Elvira mit dem Kleinen auf dem Arm herein. Er ist wohl aus dem Schlaf gerissen worden, gähnt ausgiebig und hat die Augen noch geschlossen. Wir stehen auf und dürfen ihn anschauen.

»Oh, wie süß!«, entfährt es mir.

Er hat kurze schwarze Haare, trägt einen blauen Strampelanzug und scheint gut gepflegt zu sein. Ich freue mich. *Jedes Kind ist ein Geschenk. So ein Baby ist doch ein kleines Wunder!*, fährt es mir durch den Kopf. Und dieses Kind hat es noch gut getroffen. Die Mutter wird Elvira beistehen und, und, und ...

»Wollen Sie ihn mal halten?«, meint Elvira und überreicht mir das kleine Bündel.

Ich spüre seine Wärme und suche seinen Blick. Jetzt öffnet er die Augen. Doch dann verzieht der kleine Kerl urplötzlich das Gesicht und fängt an zu schreien, sodass ich ihn schnell der jungen Mutter zurückgebe. Sie schaukelt ihn, streichelt ihn, aber er hört nicht auf zu schreien. Wahrscheinlich hat er Hunger. Wir übergeben unsere Geschenke mit den besten Wünschen und verabschieden uns. Ein weiteres Gespräch findet nicht statt.

Vielleicht ist das auch besser so. Ich habe aber trotzdem das vage Gefühl, dass wir Elvira vielleicht die Türe zur Schule nach dem Mutterschafturlaub ein Stückchen weiter geöffnet haben könnten.

EIN FASAN IM KLASSENZIMMER

Wer hat nicht schon einmal bei einem Spaziergang im Grünen einen Fasan aufgescheucht? Bevor er davonläuft - oder -fliegt -, gibt er ein lautes, krächzendes »Törk-Tock« von sich. Mir sind diese Vogellaute seit meiner Kinderzeit bekannt. Sie drücken für mich immer eine Art Empörung aus: »Wer schreckt mich hier auf? Was soll das? Das ist mein Revier!«

Als ich während meiner Junglehrerinnenzeit im siebten und achten Schuljahr unterrichtete, war ich zwar immer gut vorbereitet, aber die großen Jungen flößten mir doch Respekt ein. Ja, ich war immer froh, wenn ich diese Stunden hinter mich gebracht hatte.

Einmal bemerkte ich während einer Lehrererzählung, dass die Schüler und Schülerinnen irgendwie angespannt waren, so, als ob sie auf irgendetwas warteten. Und siehe da! Plötzlich erscholl der Ruf eines Fasans.

»Töörk! Tock!«

Tatsächlich, ein Junge hatte den Ruf des Fasans fast perfekt imitiert.

Ich war erstaunt und forderte ihn geistesgegenwärtig auf: »Mach das doch nochmal!«

Alle drehten sich laut lachend zum Rufer um und das Lachen wollte nicht enden.

»Tööörk! Tock!«

Der Imitator war wirklich toll. Nachdem er ein drittes Mal sein wunderbares »Törk-Tock!« hatte erschallen lassen, überlegte ich krampfhaft, wie ich zu meiner Lehrererzählung zurückkehren könnte. Aussichtslos! Die Klasse war nicht zu beruhigen. Einige schüttelten sich schon vor Lachen. Die ganze Aktion diente ja offensichtlich dazu, den Unterricht zu blockieren, war vorher geplant worden. An die Vernunft appellieren? Das würde in der augenblicklichen Situation wohl keinen Erfolg haben. Und - alle Schüler und Schülerinnen bestrafen mit dem bekannten Satz: »Hefte raus und von der Tafel abschreiben!«?

Nein, auf keinen Fall.

Kollektivstrafen hatte ich schon als Kind gehasst. Den »Fasan« vor die Tür stellen oder ihn in die Klasse, in der der Klassenlehrer gerade unterrichtete, schicken? Nein, das ging auch nicht! Autoritätsverlust.

Da hatte ich eine Idee. Warum nicht die Klasse - vor allen Dingen den »Fasan« - mit den eigenen Waffen schlagen?

Ich bat ihn also nochmal und nochmal, den Ruf zu wiederholen, was er auch bereitwillig tat, er war ja nun der Star. Allmählich wurde er aber immer heiserer, sein Gesicht war schon ganz rot angelaufen und er krächzte nur noch. Jetzt hatte ich die Lacher auf meiner Seite. Die Stimmung war umgeschlagen und kaum jemand war noch am Krähen des »Fasans« interessiert. Ich konnte zu meiner Lehrererzählung zurückkehren.

»Möchtest du eben rausgehen und etwas Wasser trinken, André?«

Der »Fasan« konnte diese zusätzliche Demütigung natürlich nicht zulassen und schüttelte energisch den Kopf. Er war geheilt.

VERKEHRTE WELT

Bei mir muss alles schnell gehen. Besonders das Aufstehen: am Morgen von Null auf Hundert.

Verschlafen! Das kommt bei mir eigentlich so gut wie nie vor. Ein Blick auf den unzuverlässigen Wecker. Nur noch eine halbe Stunde bis Schulbeginn.

Katzenwäsche.

Ein Blick auf das Wetter im Mai: freundlich, morgens sicher noch etwas kühler. Ich greife zum Faltenrock, der weißen Bluse und einem lilafarbenen Pullunder. Als ich in der Schule eintreffe, schellt es gerade zum ersten Mal. Geschafft, ja sogar noch fünf Minuten bis zum offiziellen Beginn. Einmal tief durchatmen und überlegen, was heute Sache ist. Die Kinder sind munter dabei und es gibt keine Probleme in der ersten Stunde im Religionsunterricht.

Im Anschluss an die erarbeitete biblische Geschichte dürfen die Kinder ein Bild dazu in ihr Heft malen. Bald schon stehen die ersten am Pult, um Anerkennung für ihr Kunstwerk zu erhalten.

Als Rita neben mir steht, schaut sie mich ungewöhnlich lange an, kehrt dann an ihren Platz zurück, um gleich mit ihrer Nachbarin zu tuscheln. So etwas macht sie doch sonst nicht. Ich wundere mich.

Jetzt kommt ihre Nachbarin auch nach vorne, grinst schon von weitem und zeigt mir ihr Heft. Dann eilt sie an ihren Platz zurück und verbreitet flüsternd eine anscheinend wichtige Nachricht an die Bänke vor und hinter ihr. Die Unruhe in der Klasse nimmt zu. Ich überlege. Das Ganze muss etwas mit mir zu tun haben!

Jetzt stelle ich mich gerade hin, schaue an meinem Faltenrock hinunter, dann auf die Bluse. Ich entdecke keine Kreideflecken, auch keine Laufmasche ist zu sehen. Als Rita und Esther sehen, dass ich aufgestanden bin und meine Kleidung prüfe, fangen beide laut an zu lachen.

»Aha, es gibt etwas zu lachen, Rita und Esther. Darf ich mitlachen?«, frage ich etwas verunsichert.

»Nein, nein, das musst du schon selbst rausfinden«, antworten die beiden, können sich nicht einkriegen vor Lachen und alle Kinder vor ihnen und hinter ihnen wissen Bescheid. Wer noch nicht die Ursache der um sich greifenden Heiterkeit mitbekommen hat, wird hinter der vorgehaltenen Hand aufgeklärt.

Und jetzt lacht die ganze Meute und ist nicht mehr zu bremsen.

Ich weiß aus eigener Erfahrung, dass solch ein Lachkoller schwer zu stoppen ist. Zum Glück schellt es.

Ich frage, scheinbar etwas in Sorge: »Wenn das Ganze etwas mit mir zu tun hat, darf ich dann überhaupt so ins Lehrerzimmer gehen oder werden die anderen Lehrer mich dort auch auslachen, so wie ihr?«

»Darfst du, du hast ja nichts verbrochen!«, meint Rita zuvorkommend.

Fröhlich strömen sie alle in die Pause, aber nicht ohne einen Blick der Überlegenheit auf mich zu werfen. Ich begebe mich etwas verunsichert ins Lehrerzimmer. Während wir unsere Tasse Tee trinken, gibt der Rektor die notwendigen Informationen für den anstehenden Wandertag.

Ich höre nur mit halbem Ohr hin. Als es schellt, flüstert Fräulein Z., die neben mir gesessen hat, mir beim Aufstehen zu: »Sie haben Ihren Pullunder falsch rum an.«

Ach, das ist es ...

Warum habe ich morgens nicht in den Spiegel gesehen? Im Klassenzimmer gibt es gerade mal ein Waschbecken, allerdings ohne Spiegel. Da kann man mal sehen, wie Kinder auf das Äußere einer Lehrerin achten. Ich denke nach. Endlich konnten die Kinder einmal über mich lachen.

Da steckt doch Schadenfreude dahinter. Das ist ganz normal. Die Kinder freuen sich, mir einmal nachzuweisen, dass auch ich Fehler mache, sozusagen eine kleine Revanche für das Anstreichen der Fehler im Diktat.

Schnell begebe ich mich zum Umziehen auf die Toilette.

Als ich wieder in der Klasse erscheine, schauen alle gebannt nach vorne. Ich zeige ohne Worte auf meinen Pullunder und die Nähte.

Rita fragt: »Wer hat dir denn gesagt, dass du den Pullunder falsch rum anhattest?«

Alle sind neugierig.

»Fräulein Z.«, antworte ich wahrheitsgemäß.

»Fies. Das passt«, meint Rita etwas keck, »die sieht doch alles, auch wenn sie die Augen anscheinend immer zukneift.«

Ich enthalte mich eines Kommentars und setze meine Lehrerinnenmiene endlich wieder auf. »So, jetzt haben wir genug Spaß für heute gehabt. Jetzt geht es weiter im Programm.«

Am Ende dieses Schultages bin mir aber sicher, dass Rita heute auf die Frage der Mutter »Na, wie war`s in der Schule?« antworten wird: »Unser Frollein hatte den Pullunder falsch rum an. Wir hatten Spaß. Und stell dir vor, sie hätte das nicht gemerkt, wenn nicht die blöde Kuh, Fräulein Z. ...!« An dieser Stelle müsste die Mutter eigentlich Stopp rufen.

Ich bin mir aber nicht sicher, ob die Mutter das getan hätte.

VORLESEN, EIN GROßES VERGNÜGEN

In den sechziger Jahren war das Bewusstsein für die Bedeutung des Vorlesens noch nicht so geschärft wie heute. In unserem Ort gab es weder eine Buchhandlung noch eine Bücherei. Das erste Buch, mit dem viele Kinder in Berührung kamen, war die Fibel. Je nach Begabung war die Begegnung mit den Fibeltexten erfreulich oder auch sicher häufiger mit negativen Gefühlen besetzt. Die Fibel, das war für viele ein Paukbuch mit unendlichen Wiederholungen, oft mit Tränen verbunden. Auch das Jahrgangs-Lesebuch konnte keinen vom Hocker reißen - mit seinen kleinge-druckten Texten und schwarz-weiß-Zeichnungen. Die Technik des Vorlesens stand beim lauten Vorlesen am Vormittag im Vordergrund, wurde jeden Tag kontrolliert und verbreitete Angst bei den schwachen oder bei guten Lesern Langeweile.

Als ich ein drittes Schuljahr übernahm, stellte ich eine ziemlich breite Leseunlust bei meinen Schülern fest. Da ich von Jugend an eine Leseratte war und immer alles gelesen hatte, was mir in die Finger kam, stimmte mich diese Tatsache sehr nachdenklich. Einige Schüler waren noch auf dem Stand des Erlesens, die meisten lasen etwas flüssiger, ohne aber den Sinn des Gelesenen zu erfassen und nur wenige konnten sinngestaltend lesen. Das Vorlesen durch die Eltern war in den meisten Familien nicht möglich oder nicht üblich. Viele Kinder besaßen kein einziges eigenes Buch. Selbst Märchen waren zum Teil unbekannt.

Traurig? Nicht unbedingt, denn jedes vorgelesene oder erzählte Wort fiel auf ganz fruchtbaren Boden, wurde förmlich aufgesogen.

»Frollein, du hast uns noch nichts von dir erzählt! Wo wohnen deine Eltern? Wie weit ist es dorthin? Hast du noch Geschwister? Wie heißen die? Sind die auch so groß wie du? Wie groß bist du? Hast du einen Freund? Was isst du am liebsten? Wie viel Geld verdienst du?«

Ich beantwortete die Fragen, so gut es ging, galt es doch das Interesse der Schüler zu befriedigen und ihr Vertrauen zu erringen.

»Und wann liest du uns endlich wieder einmal etwas vor?«

Diese Frage wurde oft in der letzten Stunde gestellt, wenn einige Schüler schon erschöpft waren. Ich beschloss den Hunger nach Geschichten in möglichst vielen Stunden zu stillen. Das war zwar nicht im Lehrplan vorgesehen, aber Sprachentwicklung und -förderung gehörten ja wohl zu den übergeordneten wichtigsten Bildungszielen.

So viel Zeit musste sein.

Beim Vorlesen von Märchen fiel mir auf, dass auch bekannte Märchen aus den ersten Schuljahren wie »Hänsel und Gretel« oder »Der Wolf und die sieben Geißlein« immer noch wieder gerne gehört wurden. Ich bemühte mich, das Ganze spannend mit Mimik und Gestik zu begleiten, mal laut und mal leiser, um die Sprache zum Klingen zu bringen und wurde mit leuchtenden Kinderaugen belohnt.

»Die Bremer Stadtmusikanten« waren besonders beliebt, weil die ganze Klasse dann in das Imitieren von Esel, Hund, Katze und Hahn einstimmen konnte. Auf das Nacherzählen der gelesenen Märchen verzichtete ich, denn dabei würde sich ein Großteil der Zuhörer nur langweilen. Lieber las ich auf Wunsch das ganze Märchen noch einmal vor. Das, so meine Erfahrung, funktionierte besser für die Fantasie der Kinder. Eine Geschichte hat nicht nur Inhalt, sondern auch Rhythmus und Melodie - und sie kann, wenn sie gut geschrieben ist, einen Zauber entfalten, dem man sich nur schwer entziehen kann.

In den ersten Vorlesestunden hatte ein kleines Mädchen eine große Bitte:

»Kannst du noch einmal die Geschichte vom Wolf und den sieben Geißlein vorlesen? Ja? Aber du darfst das nicht so spannend machen, wenn der Wolf die sechs Geißlein auffrisst. Dann kriege ich nämlich auch Angst!«

Ich erkannte, dass sich Fantasie und Vorstellungsvermögen in diesem Alter noch mit der Realität vermischten. Und so bemühte ich mich die »gefährlichen« Szenen etwas weniger theatralisch vorzutragen.

Zum Wochenende wurde mein Märchenbuch immer ausgeliehen. Aber was ist ein einziges Buch für so viele? Manchmal kam mein Buch auch mit Marmeladen- oder Fettflecken zu mir zurück. Es musste ein bisschen leiden, aber dafür wurde es eben gebraucht. Wenn mein Buch mir dann erzählte, dass nicht nur Franz darin gelesen hatte, sondern seine Oma allen fünf Enkelkindern am Samstag daraus vorgelesen hatte, war ich glücklich, zumal Franz bei der Rückgabe angemerkt hatte: »Wenn Papa das nächste Mal zum Arzt in die Stadt muss, will er uns auch ein dickes Märchenbuch kaufen!«

FROLLEIN LERNT NOCH MEHR DAZU

Als ich im zweiten Jahr meines Junglehrerinnendaseins ein erstes Schuljahr übernahm, waren alle Kinder für mich total unbeschriebene Blätter. Ein Bericht vom Kindergarten, von der schulärztlichen Untersuchung, ein Antrag auf Zurückstellung?

Fehlanzeige.

Die einzigen Infos waren: Vor- und Zuname, Geburtsdatum, Beruf des Vaters, Wohnort, Straße, selten eine Telefonnummer.

Die Hälfte der sechsundfünfzig Kinder kam direkt aus dem Ort, die andere Hälfte aus dem weiteren Umfeld, dem Moor. Nur wenige Kinder hatten den Kindergarten besucht. Diese konnten einen Stift richtig halten und auch schon malen. Die Mehrzahl aber pflügte mit dem dicken Bleistift in der Faust über das Papier, als wäre es ein Acker. Es gab kaum Einzelkinder, wohl aber Kinder, deren junge Eltern zum ersten Mal Kontakt mit der Schule hatten. Dann gab es solche, die aus einer Geschwisterreihe von acht bis zehn Kindern kamen und zum Teil Vorurteile oder schlechte Erfahrungen mit der Institution Schule im Gepäck trugen.

»Warte nur ab, bis du in die Schule kommst! Der Lehrer wird dir deinen Übermut schon austreiben. Dann heißt es ›Still sitzen!‹, ›Klappe halten!‹.«

So die bekannten Sprüche.

Ganz ohne Vorkenntnisse startete ich Gott sei Dank nicht in dieses Abenteuer. In meinem letzten Praktikum an einer großen Stadtschule hatte ich einen begnadeten Mentor, der mir - nicht unbedingt im Einklang mit den geltenden Vorschriften und

Richtlinien (er war seiner Zeit wohl etwas voraus) - ganz unterschiedliche methodische und didaktische Wege aufgezeigt hatte. Auf die schriftlichen Aufzeichnungen aus dieser Praxis konnte ich jetzt zurückgreifen. Die wichtigste Erkenntnis aus dieser Zeit war: Eine Unterrichtseinheit darf nicht länger als zwanzig Minuten dauern, dann muss eine Aktivität folgen, die andere Bereiche des Gehirns und des Körpers beansprucht.

Besonders beliebt wurde die Gymnastik mit dem Stuhl.

»Alle von euch stellen sich jetzt vor den Stuhl ... dann dahinter ... kriechen jetzt darunter hindurch ... kommen vorsichtig wieder hervor, stehen neben dem Stuhl und heben die rechte Hand.«

»Frollein, der Fritz sitzt immer noch unterm Stuhl!«

»Macht nichts, das ist sicher sehr gemütlich.«

Lautes Gelächter und Fritz war wieder da.

»Sagen Sie mal, Frollein, was spielen die Kinder eigentlich in den Pausen? Unser Helmut kommt jeden Tag mit ganz schwarzen Knien nach Hause.«

Spielten wir?

Nein, wir spielten nicht, wir übten, richtig mit dem Stuhl umzugehen. Besonders das Hochstellen nach dem Unterricht wollte zuerst gar nicht gelingen, sondern glich eher einer akrobatischen Stemmleistung, bis es dann endlich fast automatisch vonstatten ging.

Und - so sauber wie im Wohnzimmer ist der Fußboden im Klassenzimmer natürlich nie.

WAS NICHT IM LEHRERHANDBUCH STEHT

»Nicht für die Schule, sondern für das Leben lernen wir.« Das hat schon der weise Seneca seinen Philosophieschülern als Leitsatz verkündet.

Daran hat sich bis heute nichts geändert. Wer also im ersten Schuljahr mit Vollgas in das Lese- oder Schreibprogramm starten will, wird schnell Schiffbruch erleiden. Die Schule sieht sich in der heutigen Zeit (heute mehr denn je) mit dem Auftrag konfrontiert, soziale Verhaltensweisen einzuüben, damit der Unterricht überhaupt funktionieren kann.

Ein Beispiel aus der heutigen Zeit: Als ich als Schulleiterin am ersten Schultag in eine erste Klasse ging, in der ich keine Lehrerin vermutete, kam ein kleiner Bursche auf mich zu, baute sich vor mir auf und fragte:

»Was willst du überhaupt hier?«

Ich musste erst mal schlucken, aber innerlich schmunzeln, und dann antwortete ich, indem ich einen Schritt zurückwich und mich in die Brust warf.

»Ich? Ich bin hier in der Schule der Boss!«

Das beeindruckte den Kleinen doch, sodass er zufrieden an seinen Platz zurückkehrte.

Als ich als Junglehrerin ein erstes Schuljahr übernahm, hatte ich immerhin schon ein Jahr praktische Erfahrung mit einem dritten Schuljahr hinter mir. Die wichtigste Erfahrung war: Man braucht erst einmal sechs bis acht Wochen Anlaufzeit. Anweisungen zur Stillarbeit oder Hausarbeit werden von den Schülern nicht richtig aufgenommen oder unterschiedlich ausgelegt. Ständige Ermahnungen oder Strafen bewirken das Gegenteil.

Darum wollte ich jetzt einen anderen Weg gehen. Zuerst einmal die Kinder an mich binden, sprich, ihr Vertrauen erringen, damit sie sich dann freiwillig auf mich und meine Forderungen einließen, den Fokus auf mich richteten und sich besser auf das konzentrieren konnten, was wichtig war.

Viele Rituale sollten die Alltagsarbeit stützen. Sie mussten mit der Wirklichkeit des Kindes korrespondieren oder davon ausgehen.

Am ersten realen Unterrichtstag durfte ich gleich drei wichtige Lektionen lernen. Da stand ein Schüler vorne am Pult, während alle anderen sich bemühten, den Platz mit ihrem Namenskärtchen wiederzufinden.

»Na, Karl-Heinz, was ist los? Kannst du deinen Platz nicht finden? Willst du dich nicht hinsetzen?« Gott sei Dank kenne ich seinen Vornamen, denn schon am Tag der Einschulung ist er mir als sehr behütet aufgefallen.

»Nein«, entgegnet Karl-Heinz mit piepsiger Stimme. »*Du* musst dich hinsetzen!«, befiehlt er mir.

Ich schaue ihn ganz verdutzt an.

»Warum?«, frage ich nach. »Ich verstehe nicht, was los ist, was das soll.«

Ein kleines Mädchen aus der ersten Reihe, das Karl-Heinz anscheinend kennt, weiß augenscheinlich, was er vorhat.

»Ja, Frollein, setz dich doch ruhig hin!«, wiederholt es.

Ich habe eine ganz andere Reihenfolge im Kopf: zuerst einmal das morgendliche Gebet, dann die Begrüßung und dann erst das Hinsetzen. Soll ich gleich am ersten Tag eine Ausnahme machen?

Ich setze mich.

Der Kleine kommt sofort näher, gibt mir einen Kuss auf die Wange und verschwindet wieder. Die Kinder, die vorne stehen und diese besondere Begrüßung mitbekommen haben, klatschen und der Knirps verbeugt sich noch einmal vor ihnen.

»Das hat Karl-Heinz auch immer im Kindergarten gemacht!«, erklärt die kleine Blonde.

Ich bin ganz verwirrt. Wie soll ich damit umgehen? Das werde ich mir später überlegen. Auf keinen Fall kann Karl-Heinz diesen Sonderstatus behalten.

Also weiter im Programm. Ich spreche ein kurzes Gebet und dann begrüße ich alle. Meinen Zunamen muss ich mehrfach vorsprechen, bevor alle ihn nachsprechen können.

Wie wäre es jetzt mit einem Lied? »Fuchs, du hast die Gans gestohlen?«

Das Lied wird abgelehnt. Keine Chance! Alle bekannten Kindergartenlieder werden vehement abgelehnt. Kein Vorschlag findet die allgemeine Zustimmung. Also muss ein neues Lied her. Das habe ich erst für den zweiten Tag geplant: »Jetzt bin ich schon ein Schulkind und nicht mehr klein.« Wie geht das noch weiter? Die übrigen Textzeilen fallen mir vor Aufregung nicht mehr ein. Ich werde sie mir zu Hause noch einmal einprägen, nein, am besten aufschreiben, damit ich sie wirklich parat habe. Schon wieder etwas gelernt. Die ersten beiden Zeilen wiederholen die Kinder mit Inbrunst und werden immer lauter, sodass ich merke, dass jetzt etwas anderes kommen muss.

»So, ihr großen Schulkinder, jetzt dürft ihr euch aber auch endlich hinsetzen. Setzt euch bitte!«

Achtundfünfzig Kinder nehmen Platz. Weit gefehlt! Nicht alle! Ein Junge sitzt auf dem Fußboden. Wie ist das passiert?

Es gibt nur eine Erklärung: Er hatte den Blick nach vorne gerichtet und sich dann neben den Stuhl gesetzt. Das war keine Absicht, denn, als er sich automatisch hinsetzen wollte, stand der Stuhl nicht direkt hinter ihm. Plumps! - saß er daneben. Lautes, schadenfrohes Gelächter und große Krokodilstränen bei dem »Opfer«.

Jetzt besteht sofort Handlungsbedarf, damit dieser Junge nicht für das spätere Schulleben traumatisiert ist, wie man heute sagen würde.

»Wir hören alle auf zu lachen. So etwas kann jedem von euch passieren! Steht doch bitte alle noch einmal auf. Jetzt den Stuhl gerade hinter den Popo stellen. Dreht euch noch eben um - und dann langsam und vorsichtig hinsetzen. So, jetzt sind alle festgeklebt und niemand kann mehr umfallen! Prima! Das habt ihr gut gemacht!«

Nach über einer Viertelstunde kann der Unterricht endlich starten. Ach, wenn nur die vielen Kleinigkeiten nicht wären, die den Alltag bestimmen oder erschweren. Lösungen dazu stehen in keinem Lehrerhandbuch.

Schnell ist die Stunde rum. »Es hat geschellt. Ihr könnt euer Butterbrot nehmen und in die Pause gehen.«

»Frollein, ich kann nicht aufstehen, du hast uns ja eben festgeklebt!«

WAS AUCH NICHT IM LEHRERHANDBUCH STEHT

Es läutet zur zweiten Pause. Langsam, nein, eher etwas stürmisch begeben sich alle Erstklässler auf den Pausenhof. Fünfundvierzig Minuten sind eine verdammt lange Zeit zum Stillsitzen, auch wenn sie ab und zu durch Lockerungsübungen – das habe ich schnell gelernt – unterbrochen werden müssen. Georg ist sitzengeblieben.

»Na, Georg, hast du keine Lust, mit den anderen zu spielen?«

»Doch, doch, ich will auch spielen!«

»Ja, und?«

»Du hast nicht gesagt, dass *ich* auch rausgehen soll.«

Ich muss schmunzeln. Georg will gesehen und persönlich angesprochen werden.

»Ach, entschuldige, Georg, du darfst jetzt auch raus.«

Georg ist zufrieden und düst ab. In der folgenden Zeit wird ein Blick auf Georg genügen und er wird sich sicher den allgemeinen Anordnungen fügen.

Nachdenklich gehe ich an den Bankreihen entlang zur Tür. Oh je, was ist das?

Eine Pfütze unter dem Platz von Herbert. Was mache ich nur? Klar, die Pfütze entfernen. Wo finde ich einen Eimer und einen Wischlappen? Beim Hausmeister. Der kennt diese Vorfälle im ersten Schuljahr zur Genüge. Er will mir sofort die Arbeit abnehmen, aber das lasse ich nicht zu. Schnell sind die Spuren des peinlichen Zwischenfalls verschwunden.

Aber was mache ich mit Georg? Haben seine Eltern überhaupt ein Telefon? Ich habe Glück. Die Mutter verspricht zu kommen und eine Hose zum Wechseln mitzubringen.

Meine Erkenntnis: zur Not einen Schlüpfer im Lehrerpult bereithalten. Immer wieder an den Toilettengang erinnern.

Das mache ich gleich zu Beginn der nächsten Stunde. Die Resonanz ist erstaunlich hoch. Mindestens die Hälfte der Kinder hat in der Pause nicht daran gedacht, auf die Toilette zu gehen. Das kostet wieder wertvolle Unterrichtszeit. Egal, es zahlt sich hoffentlich später aus. Ich schicke zuerst einmal fünf Jungen los. Vier kehren schnell zurück, aber Fritz bleibt verschollen.

Ich kann durchs Fenster auf den Schulhof schauen. Da steht er, die Trägerhose hängt auf den Füßen und er bemüht sich immer wieder die kurze Lederhose hochzuziehen und an den Knöpfen festzumachen. Ich winke ihm zu und er nickt dankbar. Dann kommt er endlich in die Klasse geschlurft. Die Hose hält er mit beiden Händen fest. Niemand lacht. Die Kinder finden das ganz normal, dass das Frollein seine Hose zuknöpft. Puh! Ich atme durch - wieder was gelernt. In der Pause zeige ich Fritz, wie er seine Lederhose durch Abstreifen der Träger runterziehen kann. Das üben wir zweimal. Fritz sagt:

»Weißt du, Frollein. Das ist meine Lieblingshose im Sommer, die kann ruhig mal auf die Erde fallen. Den Dreck kann man ja sofort abschütteln.«

Sechs Jahre später - als ich schon Mutter eines dreijährigen Sohnes bin - sind kurze Lederhosen Gott sei Dank immer noch zu bekommen, durchaus noch in Mode, eben unverwüstlich!

HILFE! HILFE! ELTERN!

Lehrer und Lehrerinnen sind hochsensible Geschöpfe. Das hat jeder sicher schon im Laufe seines Lebens festgestellt. Das ist auch kein Vorurteil, sondern mindestens zu fünfzig Prozent, oder sagen wir besser zu fünfundsiebzig Prozent wahr. Wie kommt das? Diese Frage habe ich mir oft im Zuge meines langen Berufslebens als Zugehörige zu dieser »besonderen Spezies Mensch« gestellt.

Einen Grund dafür glaube ich zu kennen. Lehrpersonen werden, sobald sie eine feste Anstellung haben, selten überprüft - zum Beispiel vom Schulleiter oder von der Schulaufsichtsbehörde. Manche bekommen zeitlebens kein offizielles Feedback, also weder Lob noch Kritik, was vielleicht der Anlass dazu wäre, eine neue Richtung einzuschlagen und methodisch–didaktische Ansätze zu überdenken. Wenn diese sogenannten Pädagogen sich dann auch noch weigern, Lehramtsanwärter auszubilden, um nahe an der Zeit zu sein, haben sie sich schon sehr weit von den Lebensumständen ihrer Schüler entfernt; sie verhalten sich manchmal wie Alleinherrscher, an deren Image niemand kratzen darf.

Kritik von Eltern finden sie empörend. Sie erklären die Eltern zu ihren Feinden. Kennst du solche Typen, oder sind sie schon ausgestorben? Lieber Leser, um es noch einmal zu betonen, ich möchte hiermit keineswegs meinen eigenen Berufstand verunglimpfen, ich spreche nur aus Erfahrungen mit meinen eigenen Kindern und Enkelkindern.

Als ich Junglehrerin war, war mein Verhältnis zu den Eltern meiner Kinder erst einmal mit viel Unsicherheit besetzt, zumal alle Väter und Mütter älter als ich waren und mehr Erfahrung im Umgang mit Kindern und Schule hatten, erst recht, wenn sie schon mehrere Kinder eingeschult hatten.

Im zweiten Monat meiner selbstständigen Tätigkeit schellte es eines Abends bei mir Sturm.

Wer kann das nur sein?, überlegte ich. Freunde hatte ich noch nicht im Ort, und Kolleginnen würden mich wohl kaum ohne Anmeldung besuchen.

Meine Wirtin hatte schon unten die Tür geöffnet und ich sehe den Vater von Gerd, einem Erstklässler, die Treppe hochstürmen. Nach einer kurzen Begrüßung nimmt er auf dem angebotenen Stuhl Platz und kommt auch gleich zur Sache.

»Also, Frollein, so geht das nicht weiter mit Ihrem Unterricht und Ihren laschen Erziehungsmethoden!«, beginnt er das Gespräch und mustert mich dabei von oben bis unten.

Ich bin erst mal sehr erschrocken und geschockt. »Wie meinen Sie das?«, stottere ich. Ich muss mich zusammenreißen und versuche scheinbar sachlich diesen Frontalangriff zu hinterfragen.

»Na, wie ich schon sagte, diese lasche Tour gefällt mir gar nicht!«, schnauft er wütend und sein Gesicht läuft ganz rot an.

»Das müssen Sie mir schon genauer erklären.« Ich habe keine Ahnung, worauf er hinauswill.

»Also, da ist die Sache mit den Hausarbeiten. Gestern hat meine Frau geschlagene zwei Stunden mit Gerd am Küchentisch gesessen, damit er seine Schularbeiten fertig kriegt. Aber was macht der? Der trödelt und trödelt, kann nicht mal ruhig auf dem Stuhl sitzen. Dabei haben wir im Moment so viel Arbeit auf dem Hof und die beiden Kleinen sind auch noch da!« Er macht eine Pause, um nach Luft zu schnappen.

»Ach, das spielt sich schon ein«, sage ich. »Am Anfang dauern die Hausarbeiten immer etwas länger.«

Ich überlege, wie Gerd sich in der Schule, besonders bei der Stillarbeit verhält - vollkommen unauffällig. Also fahre ich fort. »In der Schule schafft Gerd immer alles in der vorgeschriebenen ...«

»Ha«, unterbricht mich der Vater, »das soll ich glauben? Sie haben doch keine Ahnung. Sie wollen doch nur alles schönreden. Nee, nee, Sie haben keine Ahnung, wie das bei uns zu Hause läuft. Keine Ahnung, diese jungen Dinger! Gestern«, ereifert er sich, »da war meine Frau völlig mit den Nerven fertig. Da hat doch der Lümmel zu ihr gesagt, als er nicht weitermachen wollte: ›Unser Frollein hat gesagt, dass man ...‹« Er holt tief Luft und poltert weiter. »Ich kam gerade drauf zu und was meinen Sie, was ich gemacht habe? Ich habe ihm erst mal eine geklebt. Der macht doch nur Pausen. Und siehe da!«, triumphiert er. »Sofort ging's schneller. Ratzfatz waren die Schularbeiten fertig.«

»Was, Sie schlagen Ihren Sohn?«, frage ich ganz erschrocken.

»Ja und? Eine Ohrfeige hat noch keinem geschadet. Jungs brauchen das hin und wieder. Was mischen Sie sich da überhaupt ein? Sie haben doch keine blasse Ahnung von Erziehung. Hat ja überhaupt keinen Sinn mit Ihnen darüber zu reden. Sie mit Ihrer laschen Tour!«

Er steht auf, geht zur Tür, dann dreht er sich noch einmal um.

»Da geh ich doch besser gleich zum Rektor nebenan. Der soll Ihnen mal die Leviten lesen. Der weiß besser, wie man mit Jungs umgehen muss.«

Dann poltert er die Treppe runter und knallt unten die Tür zu. Meine Wirtin erscheint und ruft: »Was sollte das denn? Das war doch der Clemens Hemann?«

Ich nicke noch ganz benommen.

»Das nimm dir man nicht zu Herzen«, meint sie fürsorglich. »Der war doch angetrunken. Ich hab die Fahne sofort bemerkt, als ich ihn reingelassen habe. Die Frau kann einem leid tun. Ist der Älteste schon im ersten Schuljahr?«

Ich nicke wieder.

Hat sie etwa gelauscht oder hat der Vater so laut gesprochen?

»Und wie ist der so?«, will meine Wirtin noch schnell wissen. Dazu kann und darf ich keine Auskunft geben. Ich überhöre die Frage und seufze.

»Ach Lisbeth, ich glaube, da muss ich erst mal drüber schlafen. Mal sehen, wie die Welt dann morgen aussieht.«

Gerds Vater ist nie beim Rektor angekommen, sonst hätte ich wohl postwendend davon erfahren.

NOCH MEHR ÜBER ELTERN

Elterngespräche begleiten jeden Lehrer ein Leben lang, dabei muss jeder Pädagoge immer wieder neue Erfahrungen sammeln. Als Junglehrerin bekam ich den Ratschlag: »Lass dir bloß nichts von den Eltern gefallen. Du allein kannst in deiner Klasse bestimmen, wie Unterricht und Erziehung laufen sollen.«

Dieser Grundsatz gefiel mir ganz und gar nicht. Eltern waren, schlicht gesagt, nicht meine Feinde, ich wollte und musste ja mit ihnen zusammenarbeiten. Und der Ton macht die Musik. Das lernte ich sehr schnell. Als ich später als junge Frau an einer Hauptschule im Kohlenpott tätig war, kam ich doch bei einem Elternsprechtag an meine Grenzen.

Ein Vater stürmte herein und beschimpfte mich aufs Ärgste. Ich konnte zunächst nicht herausfinden, was die Ursache war, um wen oder um was es sich handelte. Vorgestellt hatte er sich auch nicht. Schließlich erfuhr ich auf Nachfrage seinen Namen. Seine Tochter war ein völlig unauffälliges Mädchen mit durchschnittlichen Leistungen. Der Vater nannte immer wieder den Preis von fünf Mark sechzig.

»Was denken Sie sich bloß? Das ist viel Geld! Woher soll ich das nehmen?«

Auf weiteres Nachfragen hin erfuhr ich schließlich, dass seine Tochter Renate ihren Füller vermisste und der Vater mich dafür verantwortlich machte. Er hatte sich völlig in seine Wut hineingesteigert.

»Wir beide gehen jetzt zusammen in die Klasse«, verlangte er von mir, »und schauen noch einmal nach. Verstanden!?«

Das konnte ich nun wirklich nicht tun, weil noch andere Eltern vor der Tür warteten. So begab sich der Mann völlig aufgelöst und kopflos zum Rektor, der mich dann abends prompt in sein Büro bat.

»Fräulein R., wie Sie sich denken können, war Renates Vater bei mir. Regen Sie sich bitte nicht auf! Sie konnten da nichts machen. Aber ich muss Ihnen, so glaube ich, doch den Hintergrund für das Verhalten erklären. Sie sind vermutlich noch nicht mit der Mentalität der Leute hier in der Bergmannssiedlung vertraut? Wissen Sie zum Beispiel, was eine Kaue ist?«

Davon hatte ich noch nie gehört.

»Eine Kaue«, fuhr der Rektor fort, »das ist auf einer Zeche der Raum, in dem sich die Bergleute umziehen, bevor sie einfahren. Und es ist auch der Raum, in dem sie sich wieder anziehen, wenn sie wieder oben sind und die Schicht zu Ende ist. In jeder Kaue gibt es einen Wärter, der die Kleidungsstücke an Haken hochzieht beziehungsweise herunterlässt. Diesen Job machen oft Leute, die aus gesundheitlichen Gründen ihren Beruf nicht mehr ausüben können. Leider ist diese Arbeit nicht besonders gut angesehen und wird auch niedriger bezahlt.«

Mir dämmerte es.

»Dann ist Renates Vater also ein Kauwärter, der eine wenig honorierte Arbeit oberhalb des Stollens ausübt? Zum einen verdient er wenig und zum anderen ist er auch nicht besonders gut angesehen, so ungefähr wie ein Toilettenmann?«

»Genau so ist es«, bestätigte der Rektor. »Wissen Sie, solche Väter muss man immer besonders höflich und zuvorkommend behandeln, sie wirklich ansehen und so annehmen, wie sie sind. Dann gelingt die Verständigung umso besser. Ich bin mit Renates Vater gestern noch in die Klasse gegangen und wir haben gemeinsam nach dem Füller gesucht. Natürlich haben wir ihn nicht gefunden.«

Ich war sehr betroffen und schämte mich etwas wegen meiner Unwissenheit, war aber dankbar für diesen Rat.

»Bedeutet das prinzipiell für mich, dass ich die familiären Hintergründe aller Kinder kennen muss? Der Beruf des Vaters steht ja immerhin im Klassenbuch.«

Der Rektor schüttelte den Kopf. »Das werden Sie nicht schaffen. Aber über das Umfeld bei schwachen oder besonders auffälligen Kindern - oft ist die Kleidung schon ein Hinweis - sollte man schon etwas genauer Bescheid wissen. Da sind zunächst einmal Gespräche mit dem Kind hilfreich. Es muss nicht gleich ein Hausbesuch sein. Als Lehrer muss man aus pädagogischen und diplomatischen Gründen häufiger mal über seinen eigenen Schatten springen, einfach genauer hinschauen und achtsam zuhören.«

Diese Erfahrung hatte ich allerdings auch schon gemacht.

Dieser Vorfall hatte mir eine neue Sicht auf die Elternschaft eröffnet, in einem damals noch reinen Bergmannsviertel. Zuhause suchte ich nach dem Probeexemplar eines Schulfüllers (damals bekam man so etwas noch umsonst zugeschickt) und wurde auch fündig. Renate freute sich. Ein Dankeschön erwartete ich nicht.

Als der nächste Elternsprechtag anstand, war ich im Vorfeld doch etwas angespannt und nervös. Würde Renates Vater wieder erscheinen? Wie sollte ich ihm begegnen? Zigmal malte ich mir im Vorfeld verschiedene Szenarien aus.

Als ich dann am Nachmittag auf dem Flur vor meiner Klasse erscheine, sehe ich Renates Vater schon an der Wand stehen, den Kopf nach vorne gebeugt. Ich bekomme Herzklopfen und schließe rasch die Klassentür auf. *Höflich, freundlich sein!*, geht es mir immer wieder durch den Kopf. Spontan hole ich einen Stuhl aus der Klasse heraus und biete ihn Renates Vater an.

»Bitte schön, Herr Gruber, Sie kommen sicher gerade von der Arbeit, da sollen Sie doch nicht stehen. Nehmen Sie doch Platz! Haben Sie etwas Zeit mitgebracht? Es sind anscheinend noch ein, zwei ...« - ich zähle rasch nach - »nein, noch drei Mütter vor Ihnen.«

Renates Vater erkennt mich und nimmt dann sichtlich erfreut Platz.

»Ja, ja, etwas Zeit habe ich noch.«

War das zu viel Theater? Hatte ich übertrieben? Nein, ich glaube nicht. Ich hatte für einen Moment nur Renates Vater im Blick gehabt und mich spontan um ihn gekümmert. Als ich die Gespräche mit den Müttern, die vor ihm waren, beendet habe, will ich ihn hereinbitten, aber er ist nicht mehr zu sehen.

»Wo ist denn Herr Gruber?«, frage ich in die Runde.

»Ich glaube, der ist nach Hause gegangen«, meint eine Mutter, »sicher hat er Spätschicht.«

Das könnte sein, überlege ich für mich. Ein anderer Gedanke drängt sich mir aber auch auf: Herr Gruber wollte gesehen und wertgeschätzt sein. Ein Stuhl hatte genügt. Ende gut, alles gut? Nein, nicht wirklich.

Als der jährliche Ausflug zu einer Tropfsteinhöhle im Sauerland anstand, erklärte mir Renate:

»Ich darf nicht mit. Papa hat's verboten.«

Da Renates Wohnung an der Strecke meines Heimweges lag, beschloss ich kurzerhand, dort einmal vorbeizuschauen, zumal die Außentür gerade offen stand. Ich parkte auf dem Seitenstreifen, zog den Schlüssel ab und sah, dass in der Küche jemand war. Nachdem ich geschellt hatte, rührte sich aber nichts. Ich wartete noch etwas, dann trat ich vorsichtig ein.

»Hallo, hallo?«

Nichts rührte sich.

Ich klopfte an die erste Tür rechts, die vermeintliche Küchentür.

»Frau Gruber, sind Sie da?«

Keine Antwort.

Ich klopfte zur Sicherheit noch einmal und dann zog ich die Tür einen Spalt weit auf. Niemand zu sehen. Um den kahlen Tisch herum standen sechs Stühle und mitten auf dem Tisch ein Kochtopf mit dampfenden Kartoffeln. Es gab zu Mittag nur Kartoffeln, sonst nichts. Als die Familie gesehen hatte, dass ich auf das Haus zukam, war sie geflüchtet. Irgendwie beschämt, flüchtete ich auch.

Am nächsten Tag erklärte ich Renate, dass das Geld für den Ausflug bezahlt sei.

LATEIN ODER FRANZÖSISCH?

Ich weiß noch wie Jule, meine Enkelin, zu Beginn der gymnasialen Zeit mit ihren Eltern zusammen entschieden hat, als Zweitsprache Französisch zu nehmen.

Das ist eine schwierige Entscheidung, weil man zu diesem Zeitpunkt noch nicht wissen kann, welcher Berufswunsch nach dem Abitur ansteht. Mein ältester Sohn hatte Französisch gewählt, benötigte aber zum Studium das Große Latinum. Der jüngere hatte Latein, ihm hätte aber im praktischen Leben Französisch mehr gebracht. So spielt das Leben. Und ist dieses Thema schon in der Grundschule akut? Für manche Eltern schon!

Zwei Wochen nach Schulbeginn naht der erste Elternabend in der ersten Klasse. Mir graut davor. Ratschläge aus dem Kollegium: »Lassen sie sich nichts gefallen! Auch eine Junglehrerin hat allein schließlich das Sagen in der Klasse.« Diese »Ratschläge« kenne ich schon zur Genüge.

Mit dieser Abwehrhaltung, aus der Machtposition heraus, möchte ich aber nicht in diese Versammlung gehen. Um mich wohl zu fühlen, muss mein Outfit stimmen: Haare geföhnt, saubere Bluse, der Faltenrock frisch aus der Reinigung, Schuhe blank und keine Laufmasche am Bein.

Im Klassenzimmer auf dem Lehrerpult steht ein großer Blumenstrauß aus Mutters Garten von Zuhause, die Fensterbänke sind sauber und an der Tafel steht der Text zur Einführung des nächsten Buchstabens.

Um Punkt 19 Uhr strömen die Mütter herein, zwei Väter kann ich immerhin auch ausmachen. Auf meinem Plan habe als

Schwerpunkt die Erläuterung des Schreib- und Rechenunterrichts für die Erstklässler. Das bringe ich noch ganz gut über die Bühne. Dann folgt die Aussprache. *Oh je, was wird es jetzt wohl alles zu beanstanden geben?*

Eine Mutter meldet sich sofort und fragt nach, warum das Schreiben nicht schneller vorangeht. Im Nachbardorf sei man schon viel weiter, auch mit der Einführung der Ziffern.

»Die Schwingübungen hat meine Tochter total satt, sie will endlich richtig schreiben können.«

Ich lenke ein, gebe aber vorsichtig zu bedenken, dass Lesen und Erlesen schon weit fortgeschritten seien. Eine andere Mutter verteidigt mich sofort, ich müsse ja die Kinder dort abholen, wo sie sind, die Mehrzahl sei ja nicht im Kindergarten gewesen.

Nach diesem leistungsbezogenen Auftakt kommen viele Detailfragen:

»Was macht man, wenn das Kind das Butterbrot immer wieder mit nach Hause bringt, nicht mehr weiß, wie die Hausaufgaben gehen, sich weigert die Hausaufgaben überhaupt zu erledigen, die Hose nass hat, nie etwas von der Schule erzählt oder erzählt, dass es nie drankommt, Sachen vom Nachbarn mit nach Hause bringt, den Bleistift nicht allein anspitzen kann, morgens immer trödelt und sich nicht zügig anziehen will?«

Die ganze Palette der alltäglichen Probleme wird vor mir ausgebreitet.

Ich erhalte einen detaillierten Einblick in die Erziehungsprinzipien und -nöte der Mütter. In einem Punkt sind sich alle einig. Was das Frollein in der Schule gesagt hat, wird bedenkenlos von den Kindern angenommen. Dagegen kommt keine Mutter an, wenn sie irgendetwas korrigieren will, zum Beispiel bei den Hausarbeiten. Ich weiß nur zu gut, dass ich mir darauf nichts einbilden kann, denn das ist bei allen Erstklässlern so.

»Und wenn unser Hermann nicht hört, dann ziehen Sie ihm ruhig mal die Ohren lang!«, meint einer der Väter.

Hermann, Hermann? Ist mir noch nicht aufgefallen. Hat er sich überhaupt schon gemeldet? Ich glaube, nein. Und renitent ist er wohl in keiner Weise.

Ich gehe nicht auf das Verhalten einzelner Kinder ein. Aber in meinem späteren Lehrerinnendasein werde ich noch häufig erfahren, dass das Verhalten in der Schule sich oft wesentlich vom häuslichen Benehmen unterscheidet.

Erleichtert atme ich auf. Ich stelle fest, dass meine Fachkompetenz nicht in Frage gestellt wird. Das beruhigt mich ungemein. Viele junge Eltern, das spüre ich auch, sind unsicher in Erziehungsfragen und müssen erst einmal einen gangbaren Weg mit ihrem Schulkind finden. Einige schulerfahrene Mütter bieten praktische Vorschläge an, die diskutiert und zum Teil dankbar angenommen werden. Ich schaue auf die Uhr. Die Zeit ist im Flug vergangen. So leite ich zum Schluss der Veranstaltung über.

Da meldet sich noch einmal die Mutter, die zu Beginn der Veranstaltung das Wort ergriffen hatte, die ihr Kind als unterfordert einstufte.

»Also, Fräulein R., Sie kommen ja frisch von der Hochschule ... Sagen Sie mir doch bitte, wie sollen wir uns später entscheiden, wenn unser Kind auf dem Gymnasium ist. Darüber denken wir schon oft nach. Sollen wir heutzutage als zweite Fremdsprache Latein oder Französisch wählen?«

Ich bin doch sehr verwundert.

Die Eltern sprechen von »wir« - »wir« wählen jetzt schon aus. Dabei stehen die Kinder noch ganz am Anfang der »Karriere«. Die kleine Julia wird also von Klasse eins an voll auf das Ziel Gymnasium hin programmiert. Noch ist sie zutraulich und unverschult, wie so viele ein offenes Buch. Was wirklich in ihr steckt, kann und will ich überhaupt nicht zu diesem Zeitpunkt beurteilen.

Eigentlich bin ich innerlich sehr verärgert. Ich hole kurz Luft und versuche so ruhig wie möglich zu antworten.

»Das hat ja vielleicht noch etwas Zeit?« Und dann füge ich aber doch hinzu: »Also, das soziale Lernen in der Schule, das Miteinanderlernen hat im Moment noch den Vorrang oder einen größeren Stellenwert als das Erbringen von Leistungen in den einzelnen Fächern.«

»Stimmt genau! Da bin ich voll Ihrer Meinung. Die Kinder müssen sich doch erst mal eingewöhnen!«, meint eine Mutter, die in der Nähe der Schule wohnt. »Ich freue mich immer, wenn Sie mit den Kindern auf dem Schulplatz sind und Kreis- oder Laufspiele mit allen veranstalten. Dann höre ich gerne mit dem Wäscheaufhängen auf und schaue einfach zu. Übrigens, welche Handcreme verwenden Sie? Meine Tochter sagt immer: ›Frollein R. hat so schöne weiche Hände‹.«

Das war ein wunderbares Schlusswort. Mit einem Schmunzeln im Gesicht verlassen die Eltern das Klassenzimmer. Ich verzichte bewusst darauf, mit einzelnen noch zu sprechen, das könnte falsch ausgelegt werden.

Aber eine Mutter kommt doch auf mich zu und drückt mir die Hand, um zu sagen:

»Machen Sie ruhig so weiter! Schön, dass unsere Kinder endlich einmal eine junge Lehrerin haben!«

FROLLEIN, EIN AUSLAUFMODELL

Manche Frolleins bleiben Frolleins, auch wenn sie ab 1971 sich alle »Frau« nennen dürfen.

Als ich Frollein wurde, hatte ich schon einen festen Freund, der allerdings noch studierte. Unsere Planung bestand darin, nach seinem ersten Examen zu heiraten. Heute schieben Paare die Heirat oft zeitlich weiter hinaus, nicht selten sind beide Partner dann über dreißig Jahre alt und haben schon ein paar Jahre zusammengewohnt.

Wenn man im Monat fünfhundertachtzig Mark verdient, dann zählt davon jeder Pfennig. Deshalb beschlossen wir, zu Anfang des Jahres, im Januar, standesamtlich zu heiraten, und somit ein halbes Jahr etwas Steuergeld anzusparen, bevor wir im Sommer - natürlich in den Ferien - kirchlich heiraten würden.

So erschien auf dem Schild neben der Klasse im Februar der Name »Frau M.«

Ein wenig stolz war ich schon auf diese Titulierung. »Frau« - das klingt nach Reife, enthält etwas Würdevolles, bedeutet auch ein Stück Lebenserfahrung und Sicherheit, denn schließlich bildet man eine Einheit mit dem Partner.

Eines Morgens im Februar klopft es in der zweiten Stunde. Ich öffne die Tür und lasse sie angelehnt, damit ich die Klasse im Blick habe. Vor mir steht der junge Kaplan, der in der Schule ein und aus geht.

Erstaunt fragt er mich: »Machen Sie in dieser Klasse Vertretung?«

Ich bin etwas verwirrt. »Vertretung? Nein. Ich unterrichte hier ganz normal meine Klasse.«

Der Kaplan runzelt die Stirn. »Ich dachte, hier wäre eine neue Kollegin, dann hätte ich mich eben vorgestellt.« Er zeigt auf das Namensschild. »Aber Sie sind doch Frollein R., oder?«

»Ja, das heißt - nein«, stottere ich. »Ich habe geheiratet.«

Der Kaplan schaut mich ganz perplex von oben bis unten an und fährt dann fort. »Aber davon haben wir ja gar nichts mitbekommen.«

Mit »wir« meint er den Pfarrer und sich selbst.

Jetzt begreife ich endlich, warum er so verwirrt ist. Die Bezeichnung »Frau« hat er als Hinweis auf eine neue Kollegin verstanden.

»So, Sie haben also geheiratet«, sagt er langsam, wobei er das Wort »heiraten« in die Länge zieht und jede einzelne Silbe betont.

»Ja, standesamtlich!«, antworte ich mit fester Stimme.

Jetzt ist er total geschockt. »Wie? Standesamtlich und nicht *kirchlich*? Und Sie unterrichten an einer katholischen Schule? Haben Sie das bedacht? Das wird nicht ohne Folgen bleiben! Was sagt denn der Rektor dazu?«

Er wird immer lauter.

Ich bin verärgert wegen der Unterbrechung des Unterrichts und der Ausfragerei. Mir reißt der Geduldsfaden. Die Kinder in der Klasse werden allmählich unruhig.

»Mein Privatleben muss ich Ihnen doch wohl hier nicht offenlegen? Außerdem wird die Klasse unruhig. Ich muss weitermachen!«

Damit schließe ich die Klassentür und lasse ihn draußen stehen.

»Was wollte der Onkel von dir?«, fragt eine Schülerin, die nahe an der Tür sitzt. »Hat er mit dir geschimpft?«

Irgendwie bringt mich die Bezeichnung »Onkel« zum Schmunzeln. Passt irgendwie zum Kaplan.

»Der Onkel hat sich in der Tür vertan«, antworte ich wahrheitsgemäß und der Unterricht wird wieder aufgenommen.

In der Pause ruft mich der Rektor in sein Zimmer. Er pfeift vor sich hin. Dazu muss man wissen, dass Pfeifen bei ihm kein Anzeichen von guter Laune ist, sondern immer von großer Anspannung.

»Der Kaplan war eben hier. Er hat gefordert, dass Sie an Ihrem Türschild wieder die Anrede ›Fräulein‹ anbringen, solange Sie nicht kirchlich geheiratet haben.«

Er schweigt. Ich auch.

Nach einer kurzen Weile frage ich: »Ja und? Wie geht's jetzt weiter?«

Der Rektor antwortet: »Sie müssen verstehen ... Der Kaplan ist noch jung. Er glaubt, dass er hier eine Mission zu erfüllen hat. Ich musste ihm klarmachen, dass Kirche und Staat zwei verschiedene Paar Holzschuhe sind, dass er hier nicht den Moralapostel spielen kann.« Dann schmunzelt er doch und meint: »Oder wollen Sie sich sofort wieder scheiden lassen und Ihren Mädchennamen wieder annehmen? Das wird teuer!«

Damit ist die Sache für ihn erledigt und wir begeben uns gemeinsam ins Lehrerzimmer.

Sie ahnen's schon? Für den Kaplan blieb ich bis zu den Sommerferien das »Frollein«.

DARAUF KOMMT ES IM LEBEN AN

Zuwendung
Anerkennung
Wertschätzung

HÄTTE ICH ABER DIE LIEBE NICHT ...

»Hätte ich aber die Liebe nicht, so wäre ich nichts ...« So schreibt Paulus in einem Brief an die Korinther.

Sehr oft in meiner gesamten pädagogischen Tätigkeit habe ich gespürt, dass Kindern das Wichtigste fehlte: die (Mutter-) Liebe.

Wie sich dieser Mangel äußerte? Diese Kinder nahmen - unter anderem - anderen Kindern oder Erwachsenen etwas weg. Sie stahlen.

Ein hartes Urteil? Eigentlich nahmen sie sich nur etwas, was sie sonst nicht bekamen oder nicht bekommen konnten. Den Zusammenhang zwischen dem Mangel an Liebe und dem »Stehlen« habe ich viel zu spät erkannt. In meiner Junglehrerinnenzeit entwendete mir ein Mädchen einen Teil des eingesammelten Sternsingergeldes aus meiner Schultasche. Sie kam aus einer kinderreichen Familie. Ihre Zwillingsschwester, die körperlich größer und auch begabter war, hatte sie verpetzt, sonst hätte ich gar nicht davon erfahren. Dieses Kind war sicher immer und überall zu kurz gekommen (vielleicht schon im Mutterleib?). Ein Gespräch mit der Mutter war sehr unbefriedigend.

Kinder, die benachteiligt werden oder sich benachteiligt fühlen, gibt es in jeder Klasse, kann man schnell ausmachen. Oft sind sie auch verhaltensauffällig. Aber es muss nicht zwangsläufig zum Diebstahl kommen.

In meiner Zeit in der Orientierungsstufe sagte mir einmal ein Schüler:

»Ich wollte, du wärst meine Mama!«

Bei einem Hausbesuch konnte ich feststellen, dass die Mutter sich hinter der Fassade übertriebener Frömmigkeit versteckte und das Kind dadurch an sich binden wollte. Die Ehe war zerrüttet. Zur Scheidung kam es erst zehn Jahre später.

In der Zeit, als ich Schulleiterin einer Grundschule war, als mir die oben genannte Problematik schon bekannt war, entwendete ein Mädchen einem anderen beim Sportunterricht eine Uhr. Das Mädchen kam aus einer wohlsituierten Familie. Beim Gespräch mit der Mutter wurde die Angelegenheit bagatellisiert.

»Wieso so ein Aufstand? Mia hat die Uhr doch schon längst zurückgegeben!«

Ich erfuhr, dass die Eltern sich auseinandergelebt hatten und beide Teile auf der Suche nach einem neuen Partner waren, den Hilfeschrei des Kindes hatten sie nicht registriert. Ich konnte sie auch nicht dafür sensibieren.

Manchmal kann aber auch das Umfeld zur Stabilität vernachlässigter Gefühle beitragen.

In der Zeit der Orientierungsstufe hatte ich einen Schüler aus einem Kinderheim, der extrem unruhig war (ADHS wurde damals noch nicht diagnostiziert). Christof konnte es kaum drei Minuten auf dem Stuhl aushalten. In der fünften Klasse, in der ich Klassenlehrerin war, gab es aber Gott sei Dank einen hochintelligenten Schüler, der nicht als Streber galt, sondern von allen anerkannt wurde. Das war schon wichtig, weil ich ihn mit einer Sonderaufgabe betreuen wollte. Lutz war, wie Christof, zugezogen und musste sich auch erst einleben, zumal er aus einer größeren Stadt kam.

Er wurde zum Betreuer und Mentor des kleinen Unruhestifters. Das klappte wunderbar. Christof durfte sich weiterhin in der Stunde frei bewegen (er kroch ständig unter den Bänken durch, so als ob er sich vor den anderen verstecken müsste) und Lutz half ihm, den Unterrichtsstoff nachzuholen, weil er Zeit genug hatte, da er in vielen Stunden unterfordert war. Später wurde Christof in eine Adoptivfamilie vermittelt.

Die Frage lautet ein Leben lang: Was kann eine Lehrerin im Unterricht ausrichten, an Liebe geben, ohne ungerecht zu sein? Denn die Klasse reagiert sehr sensibel auf jede Bevorzugung. Da bleiben nur Elterngespräche, Einzelgespräche mit dem Kind und viel Zuwendung durch Mimik und Gestik. In seltenen Fällen kann man die ganze Klasse mit einbinden.

Man muss sich da aber nichts vormachen in puncto sozialer Erziehung. Was unter Kontrolle im Klassenverband klappt, funktioniert oft auf dem Pausenhof schon nicht mehr.

Ein afrikanisches Sprichwort lautet: Es braucht ein ganzes Dorf, um ein Kind zu erziehen. Was aber, wenn das zuständige Dorf dieses Bewusstsein nicht hat und das Kind ganz allein auf sich gestellt ist?

Das war der Fall, als Andrej meiner zweiten Klasse zugeordnet wurde. Es war in den 90er Jahren, als viele Russlanddeutsche – darunter auch solche mit jüdischem Glauben - in unserem Schulort für einige Zeit sesshaft wurden.

Andrej kam mit seiner Mutter - die sich von ihrem jüdischen, russischen Mann getrennt hatte - ohne irgendein Vermögen (es gab auch Vermögende, die schnell weiterzogen) und ohne irgendwelche Sprachkenntnisse zu uns.

Beide, Mutter und Sohn, wohnten zunächst in einem Containerdorf am Bahnhof. Andrej lernte extrem schnell sich zu verständigen und sog förmlich alles Neue auf. Ich merkte bald, dass er mit kaum acht Jahren die Verantwortung für seine Mutter mit übernommen hatte. In der Klasse war er natürlich der Exot und viele Sonderregeln mussten auf ihn zugeschnitten werden. Als er einmal in der Pause den Jungen den Fußball abgenommen hatte und ihn nicht wieder hergeben wollte, kam heraus, dass er mein-te, wer den Ball besitzt und festhält, darf das Spiel bestimmen. Ich konnte den Jungen klarmachen, dass sie Andrej wohl bisher ausgegliedert hatten, er sich als Außenseiter fühlen musste. Die Jungen waren einsichtig, erklärten Andrej mit Händen und Füßen die Regeln und er durfte endlich mitspielen.

Während der Stunden äußerte er sich anfangs oft ohne aufzu-zeigen, rief also ständig in die Klasse, weil er Angst hatte, nicht al-les mitzubekommen. In dieser Klasse gab es eine Gruppe von Mädchen, die sehr sozial eingestellt waren. Sie nahmen sich seiner an, machten einen Plan und wechselten sich mit der Betreuung wöchentlich ab. Länger konnte das auch niemand mit Andrej aus-halten. Er beanspruchte zum Lernen immer zwei Plätze, auf de-nen er seine Unterrichtsmaterialien verteilte, um möglichst schnell die richtigen Hefte ausfindig machen zu können.

So schafften es die Mädchen bis zum Ende des Schuljahres, ihn weitgehend auf die Spur zu bringen. Andrej war sehr ehrgeizig, aber es dauerte natürlich eine gewisse Zeit, bis er die Lateinische Ausgangsschrift und das Lesen erlernt hatte. Aus dem Förderun-terricht musste ich ihn herausnehmen, weil er wegen seiner Unru-he, aber auch durch seine eigene Unzufriedenheit über den langsamen Fortschritt in der kleinen Lerngruppe weder mit den Mitschülern noch mit der Förderlehrerin zurechtkam. Er wollte auf jeden Fall *mit* der Klasse *in* der Klasse lernen. Am katholi-schen Religionsunterricht wollte er unbedingt teilnehmen, weil er sich an meine Person gebunden fühlte. Als ich mit Hilfe eines Dolmetschers darüber mit der Mutter sprach, erklärte sie, dass Andrej selbst entscheiden könne, welchen Religionsunterricht er wählen möchte.

Der Mutter fiel die Eingewöhnung in Deutschland – wie gesagt - sehr schwer. Auch nach zwei Sprachkursen konnte man sich noch nicht mit ihr verständigen. So fragte mich Andrej eines Tages, wie und wo er ein Konto eröffnen könnte, da beide noch Unterstützung vom Vater, der in Hannover lebte, bezogen.

Andrejs Unruhe und Nervosität blieben auf einem hohen Level. Er beklagte sich über Langeweile am Nachmittag. Da beschloss ich, ihn bei der Musikschule zum Unterricht anzumelden. Er wollte unbedingt Gitarre spielen und machte schnell Fortschritte. Wir konnten eine gebrauchte Gitarre ausleihen. Als Andrej dann ins dritte Schuljahr kam, hatte er in allen Fächern, bis auf Deutsch, den Anschluss gefunden. Seine neue Lehrerin in Klasse drei und vier hatte auch viel Geduld mit ihm und förderte ihn gezielt bis zum Ende der Grundschulzeit. Zu mir kam er meistens nur noch mit amtlichen Papieren.

Nach der Orientierungsstufe ging er problemlos zum Gymnasium über.

Dann kam eine schwierige Zeit, denn seiner Mutter drohte die Abschiebung. Immer wieder mussten Papiere ausgefüllt werden, Anträge gestellt oder Widersprüche eingelegt werden. Ich half, so gut ich konnte. Am Tag meiner Verabschiedung erschien Andrej morgens an meiner Tür, um mir einen Kasten mit Pralinen zu überreichen. Er bestand sein Abitur, studierte erfolgreich und stellte die Verbindung zu seinem Vater wieder her. Im Herbst 2018 besuchte er mich mit seiner Freundin. In der Corona-Zeit rief er mehrfach an, um sich zu vergewissern, ob es mir noch gut ging. Ich erfuhr, dass er wahrscheinlich um Weihnachten herum Vater würde.

»Ich weiß nicht, ob ich ein guter Vater sein werde.«

»Aber sicher, Andrej ...«

»Wie kann man ohne Strom leben?«
»Warum hat eine Gutsherrin aus Ostpreußen Angst vor Schweinen?«

Oma erzählt der zehnjährigen Jule vom einfachen Leben auf dem Dorfe - in der Kriegs und Nachkriegszeit: 19 wahre Geschichten, die von Spielen und Streichen, von Bräuchen und Festtagen handeln, aber auch das Kriegsgeschehen einfühlsam mit einbeziehen.

Nur erhältlich in den Buchhandlungen im Landkreis Vechta und Cloppenburg oder direkt bei der Autorin:
maria.meyer41@googlemail.com

Oma erzählt ihren Enkelinnen Jule und Charleen weitere 21 Geschichten von der Zeit nach dem Krieg, als der Pastor noch bestimmte, ob die Ernte eingefahren werden durfte. Sie handeln
vom Schulalltag, der Arbeit auf dem Feld, von lustigen Streichen
und kleinen Abenteuern.

**Erhältlich in den Buchhandlungen im Landkreis Vechta
und Cloppenburg. Diesen Band können Sie auch im
Internet bestellen, zum Beispiel bei Amazon.**

»Omas Schatztruhe« ist ein Buch über Kinder und ihre Fantasie. Dieser Band rückt das Kind in den Mittelpunkt – in seiner Würde, Eigenständigkeit und Besonderheit – besonders in einer Zeit, die von Hektik, Digitalisierung und Reizüberflutung geprägt ist.

Nur erhältlich in den Buchhandlungen im Landkreis Vechta und Cloppenburg oder direkt bei der Autorin: maria.meyer41@googlemail.com

»Oma und Jule in der guten Stube« ist ein Jahreslesebuch für Senioren und Seniorinnen. Es enthält schlaue Bauernregeln, lustige Sprichwörter, bekannte Lieder, spannende Erzählungen, Gedichte und Kinderspiele - solche, die immer noch gespielt werden oder längst vergessen sind. Den Kern bilden zwölf neue Jule-Geschichten.

Erhältlich in den Buchhandlungen im Landkreis Vechta und Cloppenburg. Diesen Band können Sie auch im Internet bestellen, zum Beispiel bei Amazon.